KB080637

레인보우 스테이트 살인사건

레인보우 스테이트 살인사건

윤민채 지음

보잘것없어지는 것을 두려워하지 말고
누군가에게 악몽이 아닌 행운이 되길….

- 윤민채 -

목차

끝 또는 시작

끝 또는 시작

선명한 일곱 빛깔 무지개 아치는 존재하지 않는다고 믿었다.

그리고 보았다.

하지만 더 이상 그런 무지개는 존재하지 않는다고 믿는다.

그래도 보고 싶다. 다시.

한 남자가 어느 해변을 달려가고 있다. 계속 뒤를 돌아다본다. 무언가를 피해 도망가는 듯 보인다. 하지만 몸을 숨기려 인파 속으로 달려가지는 않는다. 급하게 달리는 남자의 다리를, 그 어떤 그리움 같은 것이 붙잡고 늘어지는 것처럼 보인다. 그 때문인지 지쳐서인지 그 남자가 서서히 멈춘다. 잠시 숨을 고른 뒤, 손에 쥐고 있던 꽃 모양 머리핀을 바라본다. 그리고 해변의 자갈을 하나 주워 자신의 주머니에 넣는다.

한 여자가 무언가를 가슴에 꼭 안고서 왔던 길로 발걸음을 돌린다. 얼마 가지 않아 한 손에 그 무언가를 꼭 쥔 채, 다른 손등으로는 연신 눈물을 훔친다. 그리고 그 여자도 계속 뒤를 돌아다본다.

일상 그리고 흔들림의 시작

어둠 속에서

필통 위에 써 놓은 이름은
몇 번만 스쳐도 지워져 버렸고,
지워 버리고 싶은 얼룩은
무얼 해도 잘 지워지지 않았다.

분명 눈을 뜬 것 같은데 앞이 깜깜하다. 아니, 깜깜하다 못해 눈앞의 어둠으로 빨려 들어갈 것만 같다. 무의식적으로 손을 들어 눈을 만지려는데 움직여지지 않는다. 자세와 촉감으로 봤을 때 의자 팔걸이에 팔이 묶여 있는 것 같다. 혹시나 싶어 다리를 들어 보려 했지만 역시나 다리도 결박되어 있다.

도움을 요청하기 위해 입을 벌려 보려 했지만 무언가가 입에 감겨 있는 듯했다. 목도 어딘가에 묶여 뒤로 젖혀진 상태다. 아무것도 할 수가 없다.

똑.

처음에는 그냥 한두 방울씩 떨어지다 멈출 거라 생각했던 물방울이 일정한 간격으로 계속 떨어지고 있다. 집중할 수가 없다. 물방울과 함께 생각 또한 똑. 하고 끊겨 버린다.

똑.

'나는 왜 어둠 속에 이런 모습으로 놓여 있지?'

'내가 무슨 잘못을 했지?'

아무리 생각해도 떠오르지 않는다.

똑.

나약과 공포

자랑스럽게 용기를 말하는 자들은 모른다.

몸이 움직이지 않는 그 느낌을.

나약하게 태어난 자들을 평생 옥죄는

이 세상에 대한 공포를.

나, 장세인의 삶은 언제나 잔잔했다. 평범한 주변인이었다. 이런 일의 주인공이 될 만한 삶이 아니었다. 그래도 영화 올드보이의 주인공처럼, 어린 시절 누구에게 원한을 산 적이 있는지 다시 더듬어 본다.

부모님이 공무원이라 부족하진 않았지만 물질적으로 누군가에게 부러움을 사거나 모욕감을 줄 수 있는 처지는 아니었다.

똑.

잘생긴 것도 아니었고 특별히 잘하는 것이 없었기에 눈에 띄고 싶어도 띌 수 없는 학생이었다.

운동회 때 어느 종목에서도 대표로 뽑힌 적이 없었다. 학생 대부분이 참가하는 줄다리기에서조차 나의 이름은 끝내 불리지 않았다. 끼도 전혀 없어 무대 같은 곳에 올라가면 식은땀만 흘리기 일쑤였다.

똑.

그러다 보니 학창시절 늘 괴롭힘의 대상이었다. 사람들은 흔히 아이들을 순수한 존재로 여긴다. 하지만 이는 절반만 진실일 뿐이다. 때때로, 선악을 학습하지 않은 순수함은 그 무엇보다도 공포스럽다. 나는 그 공포를 온몸으로 체감했다.

똑.

한국의 학교에서 선생에게 보호받을 수 있는 방법은 몇 가지가 있다. 그중 하나는 공부를 잘해서 선생의 관리 리스트에 들어가는 것이다. 아주 우수한 성적은 아니었지만, 그런대로 선생의 관리 리스트에 포함될 정도는 됐다. 그렇다고 거들먹거리기보단 성적이 좋지 못한 친구들을 자주 도와주곤 했다. 그런 걸 생각하면 난 상을 받아야 할 사람이다.

똑.

그렇게 서울 명문 대학에 입학했다. 대학에 입학만 하면 새로운 세상이 펼쳐질 것이라 기대했다. 그러나 대학생활도 이전과 크게 다르지 않았다. 나는 눈에 띄지 않았고 학교와 집, 도서관을 벗어난 적이 없었다.

　똑.

　군대에서는 어땠지? 몇몇 고약한 선임병들이 있었던 것 같긴 한데…. 그래도 꿋꿋이 버텼고, 선임병이 돼서는 후임병을 괴롭히지 말자고 다짐하기도 했다. 나중에 후임병의 군기가 빠진 것이 나 때문이라는 핀잔을 듣기는 했지만 말이다. 아무튼 확실한 것은 내가 누군가에게 원한을 가지면 가졌지 원한 살 일은 하지 않았다는 것이다.

　똑.

　전역 후에는 다시 존재감 없는 복학생이 되어 학교생활에 충실했다. 그러던 어느 날 같은 복학생이라 가까이 지내던 친구 한 명이 교환학생 선발에 지원해 보라고 했다. 처음에는 한 귀로 듣고 한 귀로 흘려버렸다. 그런데 친구가 주고 간 안내 책자를 훑어보다가 한 곳에 시선이 멈췄다.

　똑.

　하와이. 지금까지 나의 인생과는 다른, 밝고 생기 넘치는 느낌을 내뿜는 단어였다. 새로운 세상으로 가서 지금까지와는 다른 삶을 경험해 보고 싶었다. 그냥 그곳에서는 그렇게 할 수 있을 것 같았다. 그렇게 나는 한 학기 동안 하와이 주립대학교에 교환학생으로 가게 되었다.

똑.

하와이에서는 행복했다. 지금 상황이 내 삶에 생길 거라고는 도무지 상상할 수 없을 정도로⋯. 그날의 일이 있기 전까지는.

똑.

그래. 그 일이 있었지. 잔잔한 내 인생에 전혀 어울리지 않는 그런 일. 설마⋯ 지금 이렇게 된 게 그때 그 일과 관련이 있는 건가? 아니, 그럴 리가 없다.

똑.

다시 현실로 돌아와 몸을 힘껏 움직여 본다. 의자가 조금 밀린다. 바닥에 고정된 의자는 아닌 것 같다. 그래, 이렇게 조금씩 움직여 보자. 다시 몸을 힘껏 움직여 본다. 그런데 온몸이 묶여 있다 보니 의자가 앞으로 나아가지 않고 제자리에서 덜컹거릴 뿐이다.

똑.

자칫 넘어지면 머리만 크게 다칠까 싶어 숨을 고르면서 가만히 있기로 한다. 아무것도 보이지 않는 어둠, 소름 끼치는 정적에 다시 공포감이 밀려온다.

똑.

돈을 노리는 건가? 바보가 아닌 이상 그다지 좋지도 않은 오피스텔에 혼자 사는 성인 남성을 대상으로 강도질하지는 않을 것이다. 아니면 내 장기라도 팔려는 건가? 차라리 그게 가능성이 높아 보인다.

똑.

혹시 그 경찰이 내가 전화를 받지 않았던 것을 이상하게 여기고 도와주러 오지는 않을까? 하지만 사람들과의 만남이 잦은 금요일 저녁에 단순히 전화를 받지 않는다는 사실만으로 찾아오진 않을 것 같다.

실체를 짐작조차 할 수 없는 이 상황에 대한 공포감과 아무것도 할 수 없는 것에 대한 무력감이 팔레트 위의 물감들처럼 한데 뒤섞여 나를 극단으로 몰아넣고 있다.

똑.

일상

무언가가 눈앞에서 이리저리 움직인다.

그 무언가는 매달려 있다. 시계추는 아니다.

사람의 얼굴이 보인다.

웃고 있다.

평온하지만 재미없는 삶이다. 2015년 어느 여름날 세인은 알람시계가 울리자 몇 번인가 뒤척이다 겨우 일어나 샤워를 하고 어제 다려 둔 옷을 꺼내 입었다. 무언가 악몽을 꾸었던 것 같은데 어떤 꿈이었는지는 기억이 나질 않았다. 냉장고를 열어 아침거리를 가방에 넣었다. 잠도 깰 겸 틀어 놓은 TV에서 성공한 CEO의 인터뷰 장면이 나오고 있었다.

'마이클 형 성공했네.'

성공한 지인의 모습에 자못 기쁘기도 했지만 그와 대비되는 자신의 현재 모습에 쓴웃음을 지으며 집을 나섰다. 10여 분 거리에 있는 역 승강장에 도착하니 운 좋게도 지하철 문이 열리고 있었다. 수많은 인파 속으로 겨우 몸을 구겨 넣고 1시간 남짓 그렇게 실려 갔다.

겨우 정신을 부여잡고 회사에 도착해 별다른 일이 적혀 있지 않은 수첩을 뒤적거리며 무슨 일을 할지 우선순위를 매겼다. 얼마 전 읽은 자기계발서에 나와 있는 내용이라 그냥 따라 해 보는 것일 뿐이었다. 정작 업무는 회의에 들어가 의미 없이 고개만 끄덕이다 나오거나 특별한 내용 없는 요약 보고서를 쓰는 것이 전부였다.

얼마 지나지 않아 점심시간이 되어 사내식당에 가서 빠르게 식사를 마쳤다. 그래야 사무실에서 잠깐이나마 눈을 붙일 수 있기 때문이었다.

"장세인 대리, 피곤해 보이네. 대리 되더니 요즘 바빠?"

점심시간이 끝나고 사무실로 돌아오는 엘리베이터 안에서 다른 부서 김 대리가 말을 걸었다.

"그런가요? 뭐 요즘 특별한 일은 없는데 더워서 잠을 좀 설치긴 했죠."

늘 하던 답변을 아무 생각 없이 읊어댔다. 봄, 가을에는 일교차가 커서라고 바꾸면 되고, 겨울에는 추워서라고 바꾸면 되는 요긴한 답변이었다.

자리에서 잠시 눈을 붙였음에도 오후가 되니 나른함이 느껴져 일부러 잡생각을 했다. 주말에 무엇을 할지, 그제사 놓은 책은 어떨지, 돈 낭비한 것은 아닌지, 오늘 저녁은 무엇을 먹을지….

꼬리에 꼬리를 무는 잡생각을 이어가다 보니 오후가 지나고 업무시간이 끝났다. 퇴근길도 출근길과 별반 다르지 않았다. 집에서 저녁을 해 먹기에는 온갖 잡생각으로 소진한 체력이 받쳐주지 않아 결국 늘 그렇듯 도시락으로 해결하기 위해 편의점으로 향했다. 간단히 끼니를 때운 후 집으로 돌아와서는 씻고 바로 침대에 누웠다.

회사에 들어오기 전에는 1년이라는 시간이 대단히 의미 있고 긴 시간이었다. 아마도 성장하는 시기였기에 그 1년이 매번 다른 의미로 가득 채워져 있었을 것이다. 하지만 지금은 아니다. 모든 것이 무료했다. 올해와 작년을 제대로 구분할 수조차 없었다. 외모에 세월의 흔적이 쌓여가지 않았다면, 시간의 흐름을 느끼지도 못했을 것이다.

하와이에 다녀온 후 5년의 기억이 하와이에서 보낸 반년의 기억보다 가벼웠다. 하와이는 내게 그런 의미였다.

흔들림의 시작

고요함은 쉬이 깨어지지 않는다.

하지만 가끔은 작은 흔들림에도 산산이 깨어진다.

저녁 9시 무렵, 세인의 핸드폰 진동이 울리기 시작했다. 발신자 표시에 처음 보는 번호가 뜨는 것을 보고 광고성 전화인가 싶어 종료 버튼을 눌렀다.

곧바로 같은 번호로 전화가 걸려 왔다. 세인은 잠시 망설였지만 다시 종료 버튼을 눌렀다. 그런데 또 전화가 걸려 왔다. 혹시 회사에서 중요한 일이 생겼거나 가족 중 누군가 다쳐서 병원에서 오는 연락이 아닐까 조금 걱정이 되어 결국 통화 버튼을 눌렀다.

"여보세요?"

"안녕하십니까? 혹시 장세인 씨 되시는지요?"

50대가 넘어 보이는 남성의 목소리였다.

"네, 맞습니다만. 어디신지요?"

"안녕하십니까? 저는 경찰청 국제협력과 이현규라고 합니다. 늦은 시간에 죄송합니다. 직장인이실 것 같아서 퇴근 시간 즈음에 전화드리다 보니⋯."

세인은 경찰청이란 말에 몇 년째 기승을 부리던 보이스피싱인가 의심이 들었다.

"경찰에서 전화하실 일이 딱히 없는 것 같은데 어쩐 일이신지요?"

"네, 바로 본론부터 말씀드리겠습니다."

뒤이어 경찰관의 입에서 나온 말은 세인을 사정없이 뒤흔들었다.

"혹시 사와다 카즈미라는 분을 아시는지요?"

사와다 카즈미. 거의 7년 만에 듣는 이름이었다. 잊을 수 없다는 표현은 상투적이다. 세인이 지난 7년의 권태롭고 무료한 인생을 묵묵히 받아들일 수 있었던 것은 그 여섯 글자 이름과 그 이름에 묻어 있는 소중한 기억들 때문이었다. 무채색 무늬만 반복되었던 일상은 그 이름과 기억들로 덧칠되어 강렬하고 생기 넘치는 예술 작품이 되었다.

"장세인 씨?"

세인이 한동안 답이 없자 경찰이 되물었다.

"아, 네, 알고 있습니다. 너무 의외여서…. 보이스피싱인 줄 알았는데 아는 사람 이름을 말씀하시니 순간 당황했습니다."

"네, 충분히 그러실만하지요. 사실 일본 경찰 쪽에서 협조 요청이 왔습니다. 공식적인 조사가 아니라 저도 이런 전화를 드려도 되는지 많이 고민했습니다. 그래도 혹시나 해서 연락드리게 되었습니다."

"그녀에게 무슨 일이 생겼나요?"

세인은 말이 끝나기 무섭게 경찰에게 물었다.

"네? 아, 네. 그분께서 아마도 실종되신 것 같습니다."

단도직입적인 질문에 경찰은 당황한 듯 잠깐 멈칫하며 답을 했다.

"실종이요?"

"정확한 시점을 말씀드리긴 어렵지만, 그리 오래되진 않았다고 합니다."

"조금 더 자세히 설명해 주시겠습니까?"

실종. 그 단어로 온몸의 피가 전력 질주하듯 흐르며 심장이 바삐 뛰었다. 귀에서는 이명까지 들리는 듯했다. 진정하기 위해 크게 숨을 들이켜고 눈을 질끈 감으며 말했다.

"실종이라고는 하는데, 집에서 사라지며 쪽지를 남겨 두었다고 하더라고요. 성인 여성이 쪽지까지 남겨 두었는데 단순 가출이 아닌 실종으로 보고 한국에까지 연락한 것을 보면 뭔가 있는 것 같긴 한데 말이죠. 그 정도로 자세하게 얘기해 준 것은 아니라서…. 여하튼 그 쪽지에 장세인 씨가 언급되어서 혹시 그녀의 행방이나 사라진 이유에 대해 아시는 바가 있는지 대신 좀 확인해 달라는 요청이었습니다. 물론 공식적인 요청도 아니고 그쪽 경찰과의 개인적인 친분으로 여쭤보는 것이니 답하기 싫으시면 안 하셔도 됩니다."

"답하기 싫은 건 아닙니다만, 아는 바가 전혀 없습니다. 카즈미를 못 본 지 7년이 다 되어 가거든요. 서로 연락을 주고받은 적도 없고 말이죠."

"그렇군요."

경찰은 실망한 듯했지만 크게 상관없다는 투로 질문을 이어 나갔다.

"쪽지에 이름까지 쓰여 있어서 상당히 친한 사이셨다고 생각했는데, 그렇진 않으셨나 봅니다…"

"아니요, 하와이 주립대학 교환학생 시절에 가깝게 지

냈던 친구는 맞습니다. 그런데 못 본 지 7년 가까이 된 사이라 제가 이런 전화를 받을만한 대상인지 잘 모르겠습니다."

"그렇군요. 가까웠던 친구인데 안 좋은 소식을 전해 드리게 되어 유감입니다. 하지만 당장 그분의 신상에 문제가 생겼다고 단정 짓긴 어려운 상황이라… 단순 가출일 수도 있으니 아직은 너무 걱정하지 않으셔도 될 것 같습니다. 그리고 이유는 알 수 없지만, 보안이 필요한 사건이라고 하니 저에게 들으신 내용은 일체 다른 사람들에게 말씀하지 않아 주셨으면 합니다."

경찰의 목소리는 정중하면서 단호했다.

"어차피 그때 알던 친구들과는 한국에 돌아온 이후 몇 년간 거의 연락하지 않고 있으니 걱정하지 않으셔도 됩니다. 그런데 그 쪽지에 제 이름이 언급되어 있었다고 하셨는데 무슨 내용인지 아시나요?"

"내용이랄 것도 없습니다. 두 단어였으니까요. 처음에는 무슨 말인가 했다가 저도 인터넷을 검색해 보고 알았죠."

"네? 두 단어요?"

경찰은 그녀의 신상에 변동이 생기면 반드시 다시 연락을 주겠다는 약속을 마지막으로 전화를 끊었다. 전화를 끊은 세인은 아무것도 할 수 없었다. 카즈미가 실종되다니 도대체 왜… 그것도 쪽지만 남기고……. 경찰과의 대화를 떠올리며 멍하게 침대에 누워 있다가 아무것도 할 수 없다는 무력감에 벌떡 일어나 머리를 감싸 쥐기를 반복했다. 멍하게 쳐다보던 방 안 하얀 천장에 그녀가 남겼다는 두 단어가 또렷이 그려졌다.

세인, 마할로

마음 깊이 묻어뒀던 그때가 떠오르기 시작했다. 무채색 인생이 지겹고 힘들 때마다 이를 덧칠해 주던 그녀와 그 기억들을….

추억 그리고 흔들림

하와이, 첫 만남 그리고 스치듯 흘러간

생각보다 많은 일이 스치듯 흘러간다.
어떤 일은 다른 일의 시작이 되고
어떤 일은 그렇게 끝이 되어 버린다.

2008년 8월 하순이었다. 세인은 여권과 비자 발급, 각종 서류 준비와 발송으로 인해 정신없는 나날들을 보낸 후, 홀가분한 마음으로 하와이행 비행기에 몸을 실었다. 하지만 새로운 세상을 만난다는 설렘보다는 두려움이 앞섰다. 자신의 성향도 그렇거니와, 그동안 살아온 삶을 돌이켜 보면 당연한 것이었다. 푹 자야겠다는 결심과 달리 한숨도 자지 못하고 비행기를 타고 가는 10시간 내내 앉아만 있었다.

제주도 공항과 비슷한 느낌이 나는 호놀룰루 공항에 내려 택시를 타고 1555 영 스트리트로 향했다. 출발 직전 한국에서 미리 예약해 둔 숙소가 그곳에 있었다. 일반적으로 교환학생들은 기숙사에서 사는 경우가 많았지만 세인은 능숙하지 못한 영어와 서류작업의 미숙함 때문에 기숙사를 신청하지 못했다. 급하게 인터넷을 뒤지다 우선 20일 정도 머무를 단기 숙박업소를 겨우 찾았다. 주인이 한국인이어서 마음이 놓였다. 그는 세인에게 방 번호가 적힌 종이와 열쇠를 주며 몇 가지 주변 정보를 말해 준 뒤 렌트비를 받고 자리를 떴다.

　옷가지와 책들을 정리하고 나니 오후가 다 지나가고 있었다. 더 이상 특별히 할 일이 없던 세인은 저녁거리도 살 겸 집을 나섰다. 숙소 앞에는 작은 공원이 하나 있었다. 그는 공원 벤치에 앉아 잠시 한숨 돌렸다. 그제야 하와이의 풍경이 눈에 들어왔다. 아름다웠다. 한국과는 다른 하와이의 풍경은 세인이 하와이에 있음을 새삼 일깨워 줬다.

　거대한 바오밥나무의 웅장하게 뻗은 나뭇가지와 싱그러운 초록빛 잎들은 자신의 아름다움을 과시하고 있는 듯했다. 거기에 황금빛 석양까지 세인의 눈을 아찔하게 어지럽혔다. 불과 몇 시간 전이었지만, 이곳에 오기까지의 모든 고생이 벌써 기억 저편으로 사라졌다. 하와이에 오길 잘했다는 생각이 들었다.

어느덧 석양이 지고 날이 어둑어둑해지자 숙소 주인이 돌아가기 전 알려 준 대로 공원 옆 카헤카 스트리트를 따라 서둘러 마트로 향했다. 꽤 걸어야 한다고 했는데 얼마 가지 않아 제법 큰 마트가 보였다. '돈키호테'라는 촌스러운 이름이 붙어 있었다. 월마트를 생각했던 세인은 조금 실망했으나 어쩔 수 없이 마트로 들어갔다. 다행히 마트 안은 생각보다 크고 물건도 다양했다. 식료품이 신선해 보였고 가격도 비싸지 않아 마음에 들었다.

사실 세인은 주머니 사정이 여의치 않았다. 세인이 한국을 떠나기 얼마 전, 글로벌 금융위기가 발생하면서 한국의 원화 환율이 치솟아 집에서 보내 줄 수 있는 돈은 700달러뿐이었고 숙소 렌트비가 450달러 정도였으니 순수 생활비는 250달러밖에 되지 않았다. 물가가 비싼 하와이에서는 생활하기 쉽지 않은 금액이었다.

더군다나 세인은 다양한 사람들을 만나 새로운 세상을 경험하기 위해 여기에 왔다. 그런데 이 돈으로는 먹고살기도 빠듯했다. 최대한 생활비를 아껴 여윳돈을 만드는 수밖에 없었다. 지금 이 자리에서 다 먹어 버릴 수 있겠다는 생각이 들 정도로 사고 싶은 것이 많았지만, 12달러 정도 하는 베트남 쌀 한 포대와 큼지막한 1달러짜리 소시지 몇 개만 카트에 담았다.

주변을 돌아보니 일본 사람이 많았다. 서양인은 모르겠지만 동양 사람들, 특히 젊은 사람들끼리는 머리스타일, 패션, 화장 등으로 서로의 국적을 어렴풋이 짐작할 수 있다. 나중에 알게 된 사실이지만 돈키호테는 일본의 유명한 대형 마트였다.

그렇게 집으로 돌아가려던 세인은 장어구이 진열대 앞에 멈춰 섰다. 양념이 듬뿍 발라진 미끈한 자태가 그의 애처로운 발길을 붙잡았던 것이다. 한동안 그 앞에 그렇게 서 있었다.

"스미마셍."

그때 한 일본인 여학생 무리가 세인 앞에 불쑥 나타나 자신들의 카트에 장어구이를 담았다. 자기들끼리 깔깔거리며 웃는 것이 마치 사지도 못할 것을 쳐다보고 있는 자신을 비웃는 것 같았다. 얼른 자리를 뜨려던 차에 한 여학생이 민망함에 잔뜩 흔들리던 세인의 눈동자를 잡아 세웠다. 아래위로 검은 옷을 입어서인지 더욱 새하얗게 보이는 피부와 옅은 갈색의 긴 생머리를 가진 그녀는 웃는 모습이 예뻤다. 다시 한번 하와이에 오길 잘했다는 생각이 들었다. 여학생들은 곧 다른 방향으로 카트를 끌고 가 버렸다.

남들이 보면 이상하게 생각할 정도로, 세인은 그녀들이

시야에서 사라질 때까지 계속 바라보았다. 그러다 문득 정신을 차리고 보니 시간이 많이 지체되어 서둘러 계산을 마치고 집으로 향했다.

집에 오자마자 밥을 지어 그릇에 담고 소시지를 익혀 접시에 담아 거실 식탁에 올렸다. 하와이에서의 조촐한 첫 식사였다. 아까 마트에서 보았던 입맛 돋우는 음식들이 떠올랐다. 커다란 초밥인데 생선회 대신 스팸이 놓여 있는 무스비, 한국의 회무침과 비슷해 보이는 포케, 그리고 그 장어구이까지…. 그래도 시장이 반찬이었다. 하루 종일 아무것도 못 먹은 세인은 조촐한 식사나마 허겁지겁 먹어 치웠다. 긴 하루를 마치고는 침대에 누웠다. 오랜 시간 잠을 자지 못해 피곤했지만, 시차 때문인지 아니면 다른 무엇 때문인지 쉽게 잠을 이룰 수 없었다.

개학 전 학교 오리엔테이션에 참석했던 세인은 지루함과 어색함을 이기지 못하고 중간에 나와 버렸다. 원래 올 생각이 없었지만, 혹시 마트에서 봤던 그 일본 여학생이 있을까 싶어 참석했는데 역시나 없었다. 아마 관광객이었을 거라는 생각이 들었다.

그의 발걸음이 향한 곳은 와이키키 해변이었다. 버스를 타고 갈 수도 있었지만 돈을 아끼려고 오리엔테이션에서 준 지도를 보며 무작정 걸었다. 가는 길에 칼라카우아 애비뉴 쪽으로 방향을 틀어 킹 칼라카우아 동상과 거리의 풍경도 감상했다.

수영복만 입고 거리를 활보하는 사람들이 신기해 힐끔힐끔 쳐다보던 세인은 다시 방향을 틀어 와이키키 해변에 도착했다. 어디서 본 건 있어서 티셔츠를 벗어 가방에 넣은 뒤 야자수에 기대어 앉아 수업에서 쓰일 전공서적을 꺼냈다. 하지만 뜨끈한 모래 위에 앉아 내리쬐는 햇볕을 온몸으로 받고 있는데 책이 눈에 들어올 리가 없었다. 너무 덥기도 했고 혼자 가만히 있는 것이 지겨워진 세인은 결국 도착한 지 몇 분 만에 자리를 떠서 칼라카우아 애비뉴를 따라 집으로 향했다.

가는 길에 마트에 들러서 소시지를 사야겠다고 생각하며 돈키호테로 가던 중 한글이 크게 쓰여 있는 한인 마트 간판에 시선이 끌렸다. 반가운 마음에 서둘러 들어간 한인 마트에는 수많은 한국 식품들이 가득했다. 필요한 것을 집어 들고 계산대로 향하던 순간, 세인은 그대로 발걸음을 멈췄다.

출구 바깥으로 보이는 한 여자, 바로 그 여학생이었다. 이번에도 역시 친구들과 함께였고 환하게 웃고 있었다. 세인은 눈동자에 그녀가 더 이상 비치지 않을 때까지 뚫어지게 바라봤다. 뒤따라갈까 하는 생각도 했지만 이제까지 살면서 여자에게 그런 식으로 말을 걸어본 적도 없었고, 그녀가 친구들과 함께였던지라 이내 포기하고 눈을 돌렸다. 그날 밤, 하와이에 도착한 지 며칠이 지나 어느 정도 시차가 적응되었다고 생각했는데도 잠이 오지 않았다.

드디어 개학 날이 되었다. 대학 시스템이나 수업은 한국과 크게 다르지 않았다. 세인의 마음속에는 금방 익숙해질 수 있겠다는 안도감과 별로 새로운 게 없다는 실망감이 함께 밀려왔다. 외국인 친구들을 많이 사귀고 싶었지만, 현실적으로 쉽지 않았다. 영어도 잘 못하는 동양인 남자에게 지속해서 관심을 가져 주는 인내심 많은 외국인은 거의 없었다.

결국 세인은 한국의 다른 대학교에서 온 교환학생들과 어울릴 수밖에 없었다. 그래도 그들과 함께 여러 관광지와 파티에도 가 보고, 서핑도 배우며 다시 오지 않을 것 같은 행복한 시간을 보냈다. 그 와중에 머물던 숙소 계약이 끝나 마키키에 있는 단독 주택의 방 하나를 렌트하여 이사를 했다. 이전 숙소에 비해 좋은 시설은 아니었지만 방이 넓어서 친구들을 데려와 놀기에는 괜찮았다.

하지만 한 달이 지나자 남자들보다 영어에 능숙했던 여

학생들은 다른 외국인 친구들을 사귀며 무리를 이탈했고, 점점 한국에서처럼 남자들끼리만 다니게 되었다. 그렇다고 실망스럽거나 재미없진 않았다. 여학생들이 빠져나간 빈자리는 한국 교포 남학생들이 채워 주었다. 이들과 함께 술도 마시고 드라이브도 즐겼다. 많은 일이 스치듯 빠르게 흘러갔다.

인연의 시작

이어폰 줄을 가장 풀기 어렵게 만드는 방법은
그냥 가방 주머니에 며칠간 넣어두는 것이다.
사람의 인연 또한 그렇다.

세인은 중간고사를 기점으로 점점 도서관에서 공부하는 시간을 늘려갔다. 해밀턴 도서관이 규모는 컸지만 너무 학교 안쪽에 있어 유니버시티 애비뉴 바로 옆에 있는 싱클레어 도서관을 주로 이용했다.

1층의 열람실에서 하루 종일 공부만 한 날도 있었다. 공부가 재미있거나 중요해서라기보다는 사람들, 특히 외국인들과 어울리지 못하는 모습을 시간이 없는 것으로 포장하기 위한 것이었다. 함께 어울려 다니면서 발생하는 비용을 감당하기 어려운 부분도 있었다.

그러던 어느 날 친하게 지냈던 남자 교환학생 중 한 명인 영준이 찾아왔다.

"세인이 형, 이 좋은 날씨에 이 좋은 나라에서 왜 도서관에만 처박혀 있어요?"

"그냥 공부할 게 좀 많아서 그렇지."

"그러지 말고 맥주 한잔해요!"

"지금? 이 시간에?"

대낮에 맥주를 마시는 것이 내키진 않았지만 영준의 끈질긴 설득에 세인은 마지못해 그를 따라나섰다. 그리고 도서관 근처 한 식당의 구석 테이블에 자리를 잡았다.

자리에 앉아 맥주를 마시고 있는데 식당 반대쪽 구석에서 밝은 웃음소리가 쏟아졌다. 무심코 소리가 나는 쪽으로 고개를 돌리니 다트를 하고 있는 무리가 보였다. 그곳에 그녀가 있었다. 마트에서 본 이후로 거의 두 달 만이었다. 하와이는 뜨거운 햇볕이 작열하는 곳이라 웬만큼 하얀 피부의 여성들도 몇 주만 지내면 구릿빛으로 변하기 마련인데 그녀는 여전히 눈부시게 하얀 피부를 유지하고 있었다. 아직까지 하와이에 머무는 것을 보니 관광객이 아니라는 확신이 들었다. 다트가 한창이라 지난번처럼 바로 사라져 버리지 않을 거란 생각에 왠지 모를 안도감이 들었다.

"형! 제가 가서 말 좀 걸어 볼까요?"

앞에 있던 영준이 의미심장한 미소를 지으며 물었다.

"어? 어? 왜?"

당황한 세인은 말을 더듬었다.

"형 계속 저 여자애들 보고 있는데 마음에 들어 하시는 것 같아서요. 함께 맥주 한잔하자고 하죠, 뭐."

별거 아니라는 듯 영준이 다시 말했다.

"어, 아니야. 나 공부도 해야 하고⋯."

세인이 말을 마치기도 전에 영준은 이미 그녀를 향해 걸어가고 있었다. 영준이 다가가 말을 걸자 처음에는 당황하던 그녀와 친구들은 이내 미소를 지으며 고개를 끄덕였다. 자기를 슬쩍 보는 것 같아 세인은 바로 고개를 숙여 버렸다.

마음이 복잡해졌다. 여자 앞에서 제대로 말 한번 못해본 그에게 이런 자리는 너무나 가혹했다. 하지만 그녀와 단 1분이라도 마주 앉아 있어 보고 싶다는 생각도 들었다. 영준은 혼자 돌아왔다. '그럼 그렇지'라고 생각하며 세인은 다행 반, 아쉬움 반의 감정이 들었다. 영준이 자리에 앉자마자 세인은 약간 타박하듯이 말했다.

"넌 왜 시키지도 않은 짓을 해서 쪽팔리게 만들어!"

"예? 왜 쪽팔려요? 다트 끝나고 오겠다는데요?"

"어? 어? 오겠다고 했다고?"

세인은 깜짝 놀라 토끼 눈을 하고 되물었다.

"네. 끝나는 대로 바로 오겠대요."

심장이 요동치기 시작했다. 온갖 생각들이 머릿속을 휘감았다. 이런 일에 능숙해 보이는 영준이 있어 다행이었다. 세인은 말없이 초조한 모습으로 연거푸 맥주만 마셨다.

그때 한 여자의 목소리가 들려왔다.

"Excuse me."

그녀와 친구들이었다. 그들이 여기까지 오는지도 모를 정도로 세인은 긴장해 있었다.

"Hello, hello. How was your game?"

영준은 역시나 능숙하게 질문하며 자리에서 일어나 양 옆의 의자를 빼 주고 세인의 옆에 다시 앉았다. 그녀와 그녀의 친구 두 명은 땡큐를 연발하며 영준이 빼 준 의자에 앉았다. 하얀 피부의 그녀는 다행인지 불행인지 세인의 맞은편 끝에 앉았다. 영준은 마치 오랫동안 알고 지냈던 것처럼 그녀들을 대하며 대화를 이끌어 갔다.

"Where are you from?"

누가 봐도 일본 사람처럼 보였지만 영준은 그냥 묻는 듯했다.

"Japan, Japan."

가운데 앉아 있던 그녀의 친구가 답했다. 주로 그녀가
답을 했다.

"Are you exchange student?"

"No, we came here for institution."

하와이 주립대학교에는 외국인을 위한 영어 교육원 같
은 곳이 있는데 그곳으로 영어를 배우러 온 학생들이었다.
교환학생 모임에서 그들을 보지 못했던 것은 이 때문이었
다.

"Where are you from?"

가운데 앉아 있던 그녀의 친구가 처음으로 질문했다.

"Korea."

영준이 답했다. 그녀들도 그럴 줄 알았다는 표정이었다.
이웃나라답게 서양 사람들처럼 북쪽이냐 남쪽이냐를 묻진
않았다.

"My name is Erika."

에리카는 자신의 왼쪽에 앉은 친구를 소개했다.

"Her name is Haruhi."

이제 그녀를 소개할 차례였다. 세인은 지금 이 순간이
믿기지 않았다. 스쳐 가는 인연인 줄 알았던 그녀인데 이
제 곧 그녀의 이름까지 알게 되다니…. 이런 기회를 만든

영준에게 비싼 외제차라도 한 대 뽑아 주고 싶은 심정이었다. 그녀의 이름을 듣기 위해 온 힘을 집중했다.

"And her name is Kazumi."

그녀의 이름은 카즈미였다. 영준은 곧바로 에리카처럼 자신의 이름과 세인의 이름을 알려 주었다. 이후는 영준의 원맨쇼였다. 그녀들은 웃고 떠드느라 정신이 없었다. 영준의 영어는 전형적인 콩글리시였지만 자신감이 넘쳤다. 그리고 그녀들은 이상하리만큼 잘 알아들었다.

"형, 한마디 해요. 너무 긴장하지 말고 저만 믿으세요."

아무 말도 못 하고 불안한 시선으로 두리번거리기만 하는 세인에게 영준이 웃으며 말했다. 갑작스러운 영준의 제안에 모두가 어떤 의미인지 추측하며 세인을 쳐다봤다. 세인은 잠시 머뭇거리다가 겨우 입을 열었다.

"I'm shy and pure guy. I'm fine, thank you. And you?"

세인은 이 말을 내뱉자마자 바보 같은 자신을 책망했다. 아무리 생각해도 바보 같은 말이었다. 그런데 약 2초간의 정적이 흐른 뒤 모두가 웃기 시작했다. 비웃음거리가 된 듯했지만 분위기를 가라앉히는 것보다는 훨씬 나은 반응이라고 스스로를 다독이며 함께 따라 웃었다.

그녀가 웃고 있었다. 영준이 얘기했을 때보다 더 크고

해맑게 웃고 있었다. 세인은 그녀가 계속 저렇게 웃을 수 있다면 더 큰 비웃음거리가 되어도 상관없었다.

긴장이 조금 풀어진 세인은 약간의 자신감을 되찾고 자신이 아는 모든 단어를 동원하여 그녀들과의 대화를 이어 나갔다. 영준이 말할 때와 마찬가지로 콩글리시에 가까웠지만, 그녀들은 자체적인 해석을 곁들여 세인의 의도를 정확히 파악했다.

몇 시간을 그렇게 웃고 떠들다가 그녀들은 기숙사 규정이 엄격해 일찍 들어가야 한다며 영준의 저녁 식사 제안을 정중히 거절했다. 영준과 에리카는 다음에 다시 보자며 전화번호를 교환했다. 세인은 그런 모습을 뒤에서 쭈뼛거리며 바라보았다. 카즈미는 하루히와 계속 대화를 나누고 있었다. 그녀들이 떠날 때 세인은 용기를 내서 한마디 더 건넸다.

"사… 사요나라!"

그녀들은 한 번 더 크게 웃으며 굿바이라고 답하고 서둘러 떠났다.

"형은 그 카즈미인가 하는 애가 맘에 드는 거죠?"

도서관으로 돌아가는 길에 영준은 다 알고 있다는 듯한 미소를 지으며 물었다.

"그런 게 어딨어. 그냥 네 덕에 재밌게 보낸 거지."

세인은 애써 마음을 숨기며 덤덤하게 말했다.

"에이, 형은 모르겠지만, 형 계속 그 애만 쳐다보고 있었어요. 너무 티 나게 말이죠. 전 에리카가 맘에 들어요. 적극적이고 대화도 잘 통하고. 제가 다음 약속 잡아볼게요. 보니까 걔들은 항상 세 명이 다니는 거 같던데 우리는 두명이니까 편하게 생각할 거예요. 기회 봐서 제가 밀어 드릴게요."

"뭘 밀어 줘? 아니라니까."

시큰둥한 척 대답했지만 속으로는 영준이 제발 한 번만 더 권해 주길 바랐다. 영준은 피식 웃으며 아무 말 없이 기숙사로 돌아갔다.

도서관으로 돌아온 세인은 더 이상 책을 보고 있을 수 없었다. 두근거리는 심장이 진정되질 않아 그대로 짐을 싸서 도서관을 나왔다. 도서관에서 세인의 집까지는 버스로 5분 남짓이면 갈 수 있었지만, 오늘은 걸어가기로 했다. 사실 그녀들이 멧켈프 스트리트로 가는 것을 보았기에 그 길을 따라가고 싶었다. 다시 마주칠 수도 있지 않을까 하는 마음에 꽤 빠르게 걸어가 봤지만 역시나 그녀들은 보이지 않았다.

검은 그림자

하와이로 돌아가고 싶을 때가 있다.

언제가 될지 모르겠지만.

하와이의 태양 아래 뭐 하나 조급함 없이 녹아내리고 싶다.

세인의 머릿속은 온통 카즈미에 대한 걱정으로 가득 차 있었다. 어차피 회사 업무가 많지 않아 지장은 없었지만 눈에 띌 정도로 다른 생각에 빠질 때마다 부장이 다가와 요즘 뭔 일 있냐며 걱정을 가장한 핀잔을 주곤 했다.

'그 일'이 있긴 했지만 카즈미라면 모든 것을 극복하고 행복하게 살고 있을 거라 생각했다. 그런데 그런 그녀가 쪽지를 남기고 실종됐다고? '세인, 마할로'…. 실종되는 마당에 고맙다니…. 그녀에게 무슨 일이 있었던 거지? 세인은 걱정되면서도 도무지 이해가 가지 않는 부분들이 많았다.

SNS를 전혀 하지 않는 세인이었지만 마음만 먹는다면 카즈미의 친구들에게 얼마든지 연락할 수 있었다. 하지만 비밀을 지켜 달라는 경찰의 당부가 떠올랐고, 갑자기 카즈미에 대해 캐묻고 다니는 게 누군가에게 피해를 줄 수도 있지 않을까 싶어 그만두었다. 그녀가 무사하다는 경찰의 전화만을 기다리는 수밖에 없었다.

하지만 며칠 후 세인의 인내심은 한계에 이르렀다. 어떻게 되든 상관없으니 카즈미의 실종에 대해 무엇이든 알아봐야겠다는 생각만이 머릿속에 가득 찼다. 퇴근길, 몇 년 만에 영준에게 전화를 걸었다.

"오, 형, 이게 얼마 만이에요? 잘 지내셨어요?"

"어, 영준, 잘 지냈어? 나야 뭐 그럭저럭 잘 지내지. 금요일 저녁이라 안 받을 줄 알았는데 통화 가능해?"

"아, 지금 바이어 만나서 저녁 먹으러 가는 길이었어요. 그런데 어쩐 일이세요? 혹시 결혼하시는 건가요?"

"아니, 결혼은 무슨…. 그냥 퇴근길에 네 생각이 나서 걸어 봤지. 잘 지내는지 궁금하기도 하고. 요즘 사는 게 재미없다 보니 하와이 시절 생각이 많이 나거든. 그래서 그런지 문득 네 생각이 나더라고."

"하하, 그러셨군요. 저도 일과 술에 찌들어 살다 보니 요즘 하와이 생각이 많이 나네요. 일로 마시는 술은 너무 별로에요. 형이랑 마시던 맥주가 그립네요."

이런저런 서로의 소식으로 대화를 이어가던 세인은 어떻게 그 얘기를 꺼낼지 고민이 됐다. 무작정 묻고 싶었지만 말이 입 안에서만 맴돌았다.

"넌 결혼 안 해?"

"결혼이요? 글쎄요. 요즘 일도 많고 돈도 많이 모으지 못해서 결혼은 언감생심이죠."

"그 일본인 여자친구 있었잖아. 이름이… 에리카 맞나?"

"하하하, 형 무슨 소리 하시는 거예요. 그 친구랑은 귀국하면서 헤어졌고, 그 이후로 서로 연락한 적도 없어요. 형도 아시잖아요. 오래되어서 잊어버리셨나? 여하튼 나쁘게 헤어졌던 것은 아닌데 공항에 배웅 오기로 해 놓고 나오지 않아 서운하긴 했죠. 그러고 보니 뭐 하고 사는지 궁금하긴 하네요."

"그때 그 여자애 막 울고불고하지 않았나?"

"음, 저 간다고 그랬던 건 아니고, 뭐 다른 일이 있어서 기분이 안 좋았거나 그랬을 거예요. 그래서 막 울고 저는 달래고 그랬던 거였을걸요? 아! 형도 그 친했던 애 있잖아요. 그 뭐지, 카즈미였나?"

"뭐 나라고 연락했겠냐? 더군다나 우린 사귀던 사이도
아니었는데."

"아 맞다, 걔는 남자친구가 있었죠? 벌써 기억이 가물가
물하네요."

세인은 영준 역시 카즈미의 소식에 대해 들은 바가 없는
것 같아 급격히 통화 의지를 잃었다.

"잘 지내는 것 같아 다행이네. 안 바쁠 때 연락해. 저녁
이나 한번 먹자."

세인은 의례적인 인사말로 서둘러 통화를 마치고 집으
로 향했다. 카즈미의 소식을 티 안 나게 알아보는 것은 생
각보다 쉽지 않았다. 영준에게 부탁해서 그녀의 친구들에
게 연락해 볼까도 했지만, 경찰의 당부가 떠올라 마음을
접었다.

이런저런 생각을 하면서 걷다 보니 어느덧 살고 있는 오
피스텔 앞에 다다랐다. 세인이 사는 오피스텔은 복도 중간
에 전등이 있긴 했지만 상당히 길어 전체적으로 꽤 어두웠
다. 그럼에도 멀리서 봐도 사람 키만한 큰 상자가 세인의
집과 옆집 사이에 놓여 있었다.

집 문 앞에 선 순간 핸드폰의 진동이 울리기 시작했다.

그때 그 경찰이었다. 드디어 무슨 소식이 있는가 싶어 재빨리 전화를 받으려는 그때, 옆에 있던 상자 너머에서 뭔지 모를 움직임이 느껴졌다. 섬뜩함을 느끼던 찰나 검은 그림자는 세인의 뒤로 불쑥 솟아오르며 순식간에 그의 목을 낚아챘다. 곧이어 세인은 차갑고 날카로운 금속이 목에 닿는 것을 느꼈다. 온몸이 그대로 얼어붙어 버릴 정도로 위험한 물건임을 본능적으로 알 수 있었다.

"열어."

검은 그림자가 나지막이 말했다.

세인은 떨리는 손으로 도어락의 비밀번호를 눌렀다. 너무 떨려서 번호를 제대로 누를 수가 없었다. 검은 그림자는 뒤에서 세인을 강하게 밀며 재촉했다. 비밀번호를 잘못 입력할 때마다 경고음이 나왔다.

"비밀번호를 3회 이상 잘못 입력하셨으므로 5분간 도어락이 잠깁니다."

그러자 검은 그림자는 갑자기 세인을 오피스텔 복도 끝에 있는 창문으로 끌고 갔다. 목을 조르던 팔을 풀었다. 대신 그대로 어깨동무하면서 차가운 금속을 더욱 강하게 세인의 목에 들이댔다.

그 순간 오피스텔 복도 반대쪽에서 문이 열리는 소리가 들렸다. 세인은 도와줄 사람이 생겼다는 생각에 작은 희망을 품었다. 문을 열고 나온 사람의 모습이 창문에 흐릿하게 비쳤다. 제발 이곳을 봐 달라고, 신고해 달라고 외치고 싶었지만 도저히 용기가 나지 않았다.

창문에 비친 그 사람은 문 앞에 서서 세인이 있는 쪽을 바라보는 것 같았다. 세인의 희망은 점점 커졌다. 제발 이쪽으로 와 달라고 빌고 또 빌었다. 그때 마침 발걸음 소리가 들리기 시작했다. 하지만 그는 세인에게 다가오는가 싶더니 복도 중간의 계단으로 사라져 버렸다. 한껏 부풀었던 희망이 사라지자 그 자리에 엄청난 절망감이 비집고 들어왔다. 식은땀을 흘리며 아무 소리도 내지 못한 채 숨만 꾸역꾸역 내뱉었다.

약 5분이 지난 후 도어락에서 '삐삐' 하는 소리가 들려왔다. 잠금이 풀렸다는 소리였다. 검은 그림자는 다시 세인을 그의 집 앞으로 데리고 간 후 조용히 말했다.

"이번에는 실수하면 죽는다."

세인은 모든 정신을 집중하여 다시 번호를 누르기 시작했다. 기뻐해야 할지 울어야 할지… 이번만큼은 실수 없이 비밀번호를 눌렀고, 그대로 손잡이를 잡고 문을 당겼다. 검은 그림자는 열린 문 사이로 세인을 강하게 밀치며 집으로 들어갔다.

"엎드려!"

세인은 현관 앞에서 그대로 엎드렸다. 혹시 반격할 기회가 있진 않을까 하는 생각에 재빨리 머리를 굴렸다. 하지만 곧이어 목구멍 끝까지 자극하는 역한 냄새의 손수건이 세인의 코를 막았고 손쓸 틈도 없이 의식을 잃고 말았다.

핼러윈

하와이에서 돌아온 이후 힘들 때마다 무의식적으로

그녀와의 추억을 떠올리는 방어기제가 생겼다.

지금 꿈을 꾸는 중인 것 같은데 힘든 상황인 것 같다.

그녀와의 추억이 이렇게 강렬하게 떠오르는 것을 보니 말이다.

카즈미의 이름을 알게 된 그날 이후 며칠이 지났다. 세인은 여전히 싱클레어 도서관에서 하루의 대부분을 보냈다. 딱히 다른 일이 없기도 했지만 그날과 같은 일이 다시금 벌어질 수도 있다는 막연한 기대감도 공존했다. 세인의 애타는 기다림을 느끼기라도 한 건지 영준에게 문자가 왔다.

"Sinclair?"

세인은 짤막하게 'Yes'라는 답장을 보냈고 영준을 초조하게 기다렸다. 얼마 후 나타난 영준은 세인의 옆자리에서 머리를 불쑥 내밀며 조용히 말했다.

"형, 내일 뭐 하세요?"

세인은 아무것도 할 일이 없었지만 한가해 보이기는 싫어 살짝 뜸을 들였다.

"음, 뭐 특별한 일은 없는데, 쪽지 시험이 있어서 그거 공부나 할까 했지."

"와, 형 진짜 답답한 사람이네요. 형 내일 핼러윈이에요. 핼러윈."

"뭐… 특별히 신경 쓸 필요 있나?"

"에이, 그래도 미국에 왔으면 핼러윈은 한 번 즐겨봐야죠."

"그런가? 넌 뭐 할 건데?"

영준은 의미심장한 미소를 지으며 답했다.

"형, 내일 시간 없으셔도 만드셔야 합니다. 그때 그 일본 애들 있죠? 걔들 만나기로 했어요. 같이 분장하고 만나는 거죠."

세인은 겉으로는 무덤덤한 척했지만 속으로는 미친 듯이 환호성을 지르고 있었다.

"형, 월마트 옆 스타벅스 아시죠? 거기서 내일 낮 12시에 만나기로 했어요. 늦지 않게 나오세요. 그리고 분장 좀 재밌게 해요. 알았죠?"

"그냥 가면 안 되나…. 일단 알았어. 내일 봐."

말은 그렇게 했지만 어떤 분장을 해야 할지 머릿속이 복잡해졌다. 어떻게든 재밌는 분장을 해서 카즈미를 즐겁게 해 주고 호감을 얻고 싶었다.

영준이 사라지는 것을 본 세인은 바로 짐을 챙겨 도서관을 나와 돈키호테로 향했다. 제법 먼 길이었지만 발걸음은 그 어느 때보다 가벼웠다. 돈키호테에 들어서자마자 직원에게 다가가 핼러윈 물품이 어디 있는지 물었고 직원이 가리키는 곳으로 곧장 걸어갔다.

진열대의 분장들은 실망스러웠다. 해골, 호박 귀신, 마녀 등 너무나 식상한 가면들만 가득했다. 이런 거로는 카즈미를 즐겁게 해 줄 수 없을 거라 생각했다. 귀찮아서 얼추 꾸민 무성의한 사람으로 비칠 것만 같았다.

그때 진열대 구석에 있는 무언가가 세인의 눈에 들어왔다. 가까이 가서 살펴보니 노트르담의 꼽추에 나오는 콰지모도 분장인 듯 보였다. 드라마나 영화에서 본 적 없는 나름 신선한 분장이라고 생각했다. 아까 지나오는 길에 봤던 우스운 모양의 이빨 모형까지 사용하면 재미있는 분장이 될 것 같았다. 생활비에 쪼들리는 상황에서 한 번 입고 버릴 옷치고는 너무 비쌌지만, 카즈미를 웃게 해 줄 수만 있다면 끼니 정도는 굶을 수 있었다.

다음날 세인은 약속 시간 30분 전쯤 분장을 마치고 집을 나섰다. 등을 굽혀야 하는 옷에 돌출된 이빨 모형까지 하니 영락없는 콰지모도였다. 행인들도 세인에게 엄지손가락을 치켜세우며 환호해 줬다. 다행이었다. 카즈미도 그들처럼 자신을 보고 웃어 줬으면 싶었다. 하지만 걷는 것이 문제였다. 조금만 걸어도 허리에 통증이 왔다.

끙끙거리며 약속장소에 거의 다 왔을 무렵 멀리서 그들이 보였다. 그런데 뭔가 느낌이 이상했다. 그녀들은 물론 영준까지도 예쁘고 멋진 분장을 한 것처럼 보였다. 영준과 에리카는 드라큘라 복장으로 맞춘 듯했고, 카즈미와 하루히는 디즈니 공주 복장을 하고 있었다.

세인은 그 자리에서 멈춰 버렸다. 그녀를 웃게 해 줄 수 있겠다는 기대는 온데간데없이 사라졌다. 우스꽝스러운 자신의 모습에 대한 부끄러움이 가뜩이나 힘들었던 그의 발걸음을 더욱 무겁게 만들었다.

"형, 여기예요. 빨리 오세요!"

영준이 크게 소리쳤다. 그러자 그녀들은 일제히 세인을 쳐다봤다. 일부러 헝클린 머리, 구부정하고 툭 튀어나온 등, 돌출된 입, 짧은 바지…. 누가 봐도 추한 모습이었다. 그녀들은 당황하면서도 웃음을 겨우겨우 참는 모습이 역

럭했다.

　이번에도 영준이 해결했다. 영준이 세인을 가리키며 크게 웃어댔다. 그러자 그녀들 역시 크게 웃기 시작했다. 세인이 이루고자 했던 목표 중 하나는 달성된 듯싶었다. 카즈미가 크게 웃으며 즐거워했기 때문이었다. 하지만 호감을 느꼈으면 하는 세인의 바람과는 멀어지고 있었다. 세인은 자신을 책망했다. 어떤 미친놈이 좋아하는 여자를 만나는데 멋진 모습이 아닌 추한 모습을 보이려고 할까.

　"야, 넌 왜 이렇게 멋있게 했어?"

　영준에게 약간은 멋쩍게 말했다.

　"형, 저는 재밌는 분장을 하라고 했지 못생겨지는 분장을 하라고 하진 않았어요."

　영준은 웃음을 멈추지 못했다.

　그들은 일단 영준이 예약해 놓은 근처 한식당으로 갔다. 영준의 말에 의하면 한식을 먹자고 제안한 건 그녀들이었다. 영준은 자주 와본 듯이 메뉴판도 보지 않고 파전, 순두부찌개, 불고기 등을 시켰다. 생맥주도 잊지 않았다.

　"간빠이!"

　그녀들은 생각보다 술을 잘 마셨다. 안주는 조금씩 줄어드는 데 반해 맥주는 몇 번이나 더 시켰다. 첫 만남 때와 비슷하게 영준이 주도하는 화기애애한 분위기가 이어졌다. 하지만 세인은 가시지 않는 어색함과 불편한 자세 때문에 대화에 잘 참여하지 못했다. 이를 눈치챈 영준이 세인을 슬쩍 쳤다. 뭐라도 얘기해 보라는 의미였다.

"How old are you?"

세인은 얘기할 때마다 그녀들을 당황시키는 재주가 있는 것 같았다. 그래도 에리카가 나서서 친절하게 답해 주었다.

"We are 21 years old."

이제 그녀의 나이도 알게 되었다. 취기가 오른 것도 있었지만 점점 그녀를 알아가고 있다는 생각에 세인은 들뜰 수밖에 없었다.

"How old are you?"

이번엔 그녀들이 물었다.

"I am 27 years old, and he is 25 years old."

세인이 답을 하자 그녀들은 적잖이 놀란 눈치였다. 둘 다 2년간 군대도 다녀왔다고 하자 더욱 놀라는 눈치였다. 세인과 영준이 동안이어서는 아니었다. 군대를 안 가는 나라에서는 25살이나 27살이면 거의 졸업반이나 직장인이기에 한가롭게 하와이에서 교환학생을 하고 있을 것이라고는 생각지 못했을 것이다.

"Never mind. We are just friends."

좋은 분위기가 이어졌지만 한 가지 아쉬운 점은 카즈미와 좀처럼 대화를 할 수 없다는 것이었다.

이때 영준이 갑자기 하루히에게 자신의 핸드폰을 내밀면서 그녀의 전화번호를 눌러 달라고 했다. 자연스럽게 전화번호를 교환하는 분위기가 되었다. 세인도 영준처럼 카즈미에게 전화번호를 묻고 싶었지만 자신의 마음이 들통날까 봐 에리카에게 먼저 핸드폰을 주었다. 이후 에리카가 다시 핸드폰을 돌려주자 세인은 자연스럽게 카즈미에게도 핸드폰을 내밀었다. 그러자 그녀도 세인에게 자신의 핸드폰을 주었다. 한두 달 전까지만 해도 상상조차 못 했던 일이 조금씩이나마 현실이 되어 가고 있었다.

세인은 자신의 번호를 입력하면서 몇 번이나 확인했다. 혹시나 잘못 누르진 않았을까 노심초사하며 그 짧은 순간에 열 번은 넘게 확인했을 것이다. 세인은 그녀에게 핸드폰을 돌려주며 말했다.

"Nice phone."

카즈미는 세인을 힐끔 보고 웃으며 답했다.

"Nice costume."

처음으로 나눈 둘만의 대화였다. 호감인지 아닌지는 모르겠지만, 자신의 분장이 카즈미와의 대화에 언급되었다는 사실만으로도 지금까지의 모든 고통이 사라지는 듯했다. 전화번호까지 교환하고 나니 서로 한층 더 끈끈해진 무언가가 생긴 것 같았다.

"Let's go to the parade."

얼추 식사를 마치고 더 이상 짧은 영어로 대화를 이어가기 어려워질 무렵 영준은 이제 오늘 모임의 본래 목적인 퍼레이드에 가자고 말을 꺼냈다. 물론 세인은 모르고 있었다.

"퍼레이드? 그게 뭐야? 퍼레이드 구경하는 거야?"

"아니요. 우리가 걷는 거죠. 분장한 수많은 사람이 모여 함께 걷는 거예요."

"어디서 하는데?"

"저기 와이키키 쪽이에요."

"그럼 계속 걸어야겠네?"

"죄송해요. 미리 말씀드렸어야 하는데, 형이 이런 복장하고 올지 몰랐어요."

꼽추 분장을 한 세인은 난처했다. 하지만 카즈미와 함께한다면 이겨낼 수 있을 것 같았다. 영준은 분장을 벗으라고 했지만 세인은 그녀가 실망할까 봐 그냥 이대로 괜찮다고 했다. 영준은 알 수 없다는 듯이 고개를 갸웃했다.

와이키키까지는 그리 멀지 않지만, 하와이의 작열하는

햇빛 속에서 구부정한 자세로 등에 무거운 혹을 달고 걸어
가려니 너무 멀게만 느껴졌다.

"You look tired."

에리카가 걱정하듯이 세인에게 말했다.

"Don't worry. I'm strong."

실제로는 죽을 맛이었다. 게다가 와이키키에 도착해 퍼
레이드에 참여할 생각을 하니 더 아찔해졌다. 포기하고 싶
었지만 카즈미는 퍼레이드 갈 생각에 매우 들떠 있는 듯했
다.

카즈미와 함께 있기 위해서는 계속 버텨야 했다. 군대에
서 20킬로그램이 넘는 완전 군장을 메고 20킬로미터 넘게
걸었던 경험도 있었기에 어떻게든 할 수 있을 거란 생각이
들었다. 와이키키에 거의 다 왔을 무렵 하루히가 외쳤다.

"Look, look!! Parade! Parade!"

퍼레이드 행렬이 보였다. 영준과 그녀들은 퍼레이드에
합류하기 위해 달려갔다. 세인도 그들을 놓치지 않기 위해
달렸다. 하지만 불편한 자세로 달리기에는 역부족이었다.
어느새 그들은 군중 속으로 사라져 버렸다. 카즈미와 함께
즐거운 시간을 보내기 위해 분장까지 하고 왔는데… 가까
스로 버티던 세인은 그대로 주저앉아 버렸다. 땅속으로 처
박히듯, 머리가 바닥을 향했다.

그렇게 몇 분 정도 지났을까. 세인의 뒤통수와 등을 내리쬐던 햇빛이 사라지고 그늘이 생겼다.

"우나… 아…. 세인?"

천천히 고개를 들어 위를 바라본 순간, 세인은 깜짝 놀라 눈을 끔뻑였다. 카즈미가 근심 어린 표정으로 바라보고 있었다.

"Are you OK?"

"Yes, yes! I'm fine. Why are you here?"

괜찮냐는 그녀의 말에 세인은 벌떡 일어서며 말했다.

"I was worried about you. So I came to you."

걱정되었다니. 세인은 카즈미가 자신을 걱정했다는 것도, 그녀와 단둘이 있을 수 있다는 것도 기뻤다.

"Hey! Quasimodo and Esmeralda! Nice couple."

지나가던 한 외국인 무리가 함께 서 있는 세인과 카즈미를 노트르담의 꼽추에 등장하는 콰지모도와 에스메랄다로 불렀다.

"No, I'm Snow White."

세인은 콰지모도와 에스메랄다라는 그들의 장난이 싫지 않았지만, 카즈미는 맘에 들지 않았는지 자신은 백설공주라고 강하게 소리쳤다. 남자친구냐고 묻는 주변의 질문에 마치 "남자친구 아니야, 그냥 친구야."라고 말하는 것처럼 느껴져 순간 가슴이 아렸지만, 당장은 카즈미와 단둘이 있다는 사실 하나로 모든 게 괜찮아졌다.

카즈미는 세인의 팔을 잡고 일으킨 후 친구들을 향해 다시 달리자고 했다. 세인은 그녀와 단둘이, 더 오래 있고 싶었지만 카즈미가 이끄는 대로 달렸다. 그때 세인은 문득 카즈미가 아까 자신을 '우나'라 부른 것이 생각났다. 무슨 뜻인지 묻고 싶었지만, 그녀는 물을 틈도 주지 않고 계속 달렸다.

아직 힘이 남아 있던 것인지, 카즈미가 자신의 팔을 붙잡고 이끌어 줘서인지 세인은 별로 힘들다는 생각 없이 달렸고 친구들과 합류할 수 있었다. 오늘 그녀는 그의 에스메랄다였다.

준비

이제 시작이다.

누군가에게는 끝이겠지만….

검은 그림자는 능숙했다. 우선 거실에 있던 의자를 화장실로 옮겼다. 그리고 세인을 들어 업은 후 의자에 앉히고 팔과 다리를 단단히 묶었다. 눈과 입도 가렸다. 세인의 고개를 뒤로 젖혀 목을 의자 다리에 고정시켰다. 검은 그림자는 세인이 숨을 쉬는지 손가락을 코에 가져다 대 보았다.

마지막으로 세인의 이마에 물방울이 계속 떨어지도록 천장에 간단한 장치를 달았다.

작업을 마친 검은 그림자는 세인의 앞에 서서 주먹을 쥔 채 부들부들 떨며 한동안 그를 바라보았다. 심하게 떨리는 눈동자는 광기를 머금은 듯했다. 하지만 이내 평정을 되찾은 모습으로 화장실 문을 나섰다.

거실로 나온 검은 그림자는 그대로 거실 바닥에 주저앉았다. 그리고는 거칠어졌던 호흡을 가다듬으며 상의 안쪽 주머니에서 무언가를 조심스럽게 꺼내 들었다. 하나는 사진이었고, 하나는 접힌 종이었다. 한동안 사진을 뚫어지게 바라보다 곧 사진을 다시 주머니에 집어넣었다. 그리고 접힌 종이를 펼쳐 들고 그 위에 쓰인 글을 주절주절 읽기 시작했다. 꽤 오랜 시간 집중해서 종이를 읽으며 중간중간 시간을 확인했다.

덜컹덜컹

그때 화장실에서 의자 움직이는 소리가 들렸다. 검은 그림자는 그 소리에 아랑곳하지 않고 계속해서 종이를 읽었다. 그리고 한참이 지나고 나서야 주섬주섬 무언가를 챙기고 화장실로 향했다.

하나우마 베이

물고기를 도와주어야 했을까?

물고기도 그녀도 난 도와주지 못했다.

핼러윈 퍼레이드 사건 이후 세인과 카즈미는 문자를 주고받을 만큼 편안한 사이가 되었다. 비록 일상적이고 한 줄을 넘지 않는 간단한 문자였지만 그녀와 연락을 주고받는다는 사실 그 자체만으로도 하루 종일 기운이 솟아났다.

몸에 활력과 생기가 넘치다 보니 더 이상 도서관에만 앉아 있는 생활을 지속하기가 어려웠다. 뭐라도 해야 할 것 같았다. 더욱이 새로운 친구들과 어울리려면 지금보다 돈이 많이 필요했기 때문에 세인은 아르바이트를 하기로 결심했다.

교포 친구들의 소개로 아르바이트 자리를 구하기는 어렵지 않았지만 세인이 얻은 아르바이트 자리는 힘들다고 소문난 어느 한식당의 접시닦이였다. 밤 8시부터 12시까지 하루 4시간, 평일 내내 일하면 꽤 많은 돈을 벌 수 있다고 했다. 어차피 카즈미나 그 친구들은 저녁 전까지 기숙사에 들어가야 해서 밤에는 무슨 일을 해도 상관없었다.

접시닦이는 견디기 어려운 중노동이었다. 간혹 TV에서 미국의 성공한 교포가 접시닦이를 하던 시절을 생각하며 눈물 흘리는 것을 볼 때 가소로워하던 스스로를 반성했다. 그래도 이를 악물고 버텼다. 아르바이트를 시작한 지 일주일쯤 되었을 때 우연히 주방에 들어온 사장이 뒷짐을 진 채 말했다.

"젊은 친구가 아주 일을 잘하는구먼. 금방 관두지 말고 오래 같이 일하자고."

사장의 칭찬과 제안이 기분 나쁘지는 않았지만 두 달 후에 돌아가야 하는 세인으로서는 대답을 회피한 채 옅은 웃음을 보일 수밖에 없었다. 주방을 나가려던 사장이 갑자기 뒤돌아 물었다.

"자네 하와이에 와서 구경은 많이 했나?"

"네, 웬만한 곳은 다 가 본 것 같습니다."

"그런가, 그럼 하나우마 베이는?"

"아, 들어는 봤는데 조금 먼 것 같아서 거기는 아직 가 보지 못했습니다."

"거길 안 가봤으면 하와이 구경했다고 말 못 하지. 언제 한번 친구들하고 갔다 와. 가서 스노클링도 꼭 해 보고. 너희 학교 근처에서 버스를 타면 한 시간 정도 걸릴 거야."

"아, 네, 알겠습니다. 감사합니다."

하나우마 베이. 세인이 이곳에 온 지 얼마 안 되었을 때 교포 친구 중 하나가 과거 하와이 왕족의 휴양지였던 곳이라고 말해 준 적이 있었다. 그만큼 아름다운 곳이지만 한국인 관광객들은 위에서 한 번 보고 지나치기만 할 뿐 직접 내려가서 즐기는 경우가 드물어 상대적으로 많이 알려지지 않았다고도 했다. 그 얘기를 듣자마자 바로 하나우마 베이에 가 보고 싶었지만 와이키키에서 동쪽으로 꽤 멀리 떨어져 있는 곳이라 차일피일 미루고만 있었다.

세인은 문득 카즈미와 단둘이 가 볼까 싶었다. 그러나 이내 고개를 저으며 미쳤다고 생각했다. 이제 두 번 봤을 뿐인데 그런 곳에 자신과 단둘이 갈 리가 없었다. 특히 카즈미는 그 친구들과 늘 붙어 다녔기 때문에 친구들을 두고 단둘이 놀러 가지 않을 것 같았다.

친구들도 다 같이 가자고 말할까도 생각해 봤지만 뭔가

아쉬운 느낌을 지울 수 없었다. 이럴 땐 역시 영준이 필요했다. 아르바이트를 마치고 집으로 돌아오면 12시가 훌쩍 넘는 시간이었지만, 금요일 밤 이 시간에 영준이 자고 있을 리 없었기에 별다른 망설임 없이 전화를 걸었다.

"형, 알바 끝나셨나 보네요? 웬일이세요?"

"어, 늦은 시간에 미안. 뭐 좀 물어볼 게 있어서."

"네, 뭔데요?"

"너 혹시 에리카랑 계속 연락하지? 우리 그 멤버 다 같이 하나우마 베이에 가면 어떨까?"

"오, 좋죠. 안 그래도 한번 가 보고 싶었는데, 걔들도 좋아할 것 같아요."

"그래? 잘됐네. 그럼 언제쯤이 좋을까? 주말에는 사람이 많아서 평일 낮이 좋다던데."

"평일 낮이요? 음…. 평일에 제가 수업이 다 조금씩 있는데 너무 많이 빠져서 더 빠지긴 힘들 것 같고요. 화요일이 비긴 하는데 그날은…."

"그날은 왜?"

"솔직히 말씀드릴게요. 그날은 에리카랑 영화 보기로 했어요."

"단둘이?"

"네, 미리 말씀 못 드려서 죄송해요."

영준과 에리카의 관계는 세인이 모르는 사이 이미 많이 진전된 듯했다.

"그게 왜 미안해. 네 사생활인데."

"아, 맞다. 형! 하늘이 내린 기회입니다!"

영준이 갑자기 흥분된 목소리로 말했다.

"무슨 기회?"

"형, 그날 하루히도 다른 약속이 있거든요. 그래서 에리카가 걱정했어요. 카즈미를 혼자 두게 되었다고요. 걔들 항상 같이 다니잖아요."

세인은 침을 꿀꺽 삼키며 영준의 말에 귀를 기울였다.

"형, 내일 카즈미한테 빨리 연락해 보세요. 같이 놀러 가자고요. 형 이제 두 달 후면 돌아가잖아요. 이런 기회 다시 안 올 겁니다."

"그래도 걔가 거절하면, 우리 멤버들 모임이 어색해지지 않을까?"

"형, 이제 각개격파 하셔야죠. 계속 같이 다니면 관계가 진전될 수 없어요."

"그런가. 모르겠네. 일단 알았어. 주말 잘 보내고 다음 주에 시간 되면 한번 보자."

영준의 답변을 제대로 듣지도 않은 채 세인은 핸드폰 종료 버튼을 눌러 버렸다. 집에 도착해 씻고 침대에 누울 때까지 오직 영준의 조언을 어떻게 해야 할지만을 생각했다. 접시닦이로 몸은 천근만근이었지만 정신은 또렷했다. 잠도 잘 오지 않았다.

언제 잠이 들었는지 모르겠지만 토요일 아침이 밝았다. 세인은 눈을 뜨자마자 바닥에 앉아 핸드폰을 앞에 놓고 뚫어지게 바라만 보고 있었다. 하나우마 베이에 함께 가자고 할지 말지 도저히 판단이 서질 않았다. 그는 어젯밤 통화에서 영준이가 했던 말을 떠올리며 중얼거렸다.

'그래, 난 이제 두 달 후면 돌아간다. 더 이상 기회가 없을지도 몰라. 잘못되면 이별의 순간이 두 달 빨리 온 것이라 생각하면 돼. 장세인. 너 그런 수모 한두 번 겪은 거 아니잖아.'

핸드폰을 집어 들고 문자를 몇 번이나 적고 지우기를 반복하다 전송 버튼을 눌렀다.

카즈미. 화요일에 하나우마 베이 가지 않을래?

오랜 고민 끝에 저지른 일이었지만 왠지 모를 후회가 폭풍같이 밀려왔다. 그 후회 속에는 설렘이란 것도 함께 섞여 있었다. 결과에 따라 후회는 자괴감으로, 설렘은 환희로 바뀔 것이다.

그런데 답장이 오지 않았다. 문자를 보내고 난 후 그 자리에서 한 발자국도 움직이지 않고 한 시간째 핸드폰만 바라보고 있었는데 답이 오지 않았다. 점점 후회와 우려가 현실이 되어가는 것 같아 초조해졌다.

과거 이런 문자를 보냈을 때, 반응은 둘 중 한 가지였다. 무응답 또는 정중한 거절. 이번에도 역시라고 생각되어 자리에서 일어나려던 찰나 핸드폰 진동이 짧게 울렸다. 세인은 바로 주저앉아 바닥에 놓인 핸드폰을 잽싸게 집어 들고 기도하는 마음으로 조심스럽게 문자를 확인했다.

맨 앞에 '미안'이라는 단어가 보였다. 결국 세인이 예상했던 답이었다. 그래도 그녀의 성의를 생각해 다음 글자로 눈을 돌렸다.

미안. 운동 중이라 답장이 늦었네. 우리 둘만?

세인이 봤던 '미안'은 자신이 생각한 그 '미안'이 아니었다. 다시 희망이 생겼다. 하지만 둘이서만 가냐고 물어보는 것이 어떤 의미인지 몰라 답하기가 쉽지 않았다.

응. 혹시 불편해?

주사위는 던져졌고 최종 결과만을 남겨 놓고 있었다. 이번 답장은 그리 오래 걸리지 않았다.

아니야. 그럼 화요일에 보자.

성공이었다. 대학에 합격했다는 소식을 들었을 때보다도 더 기뻤다. 카즈미와 단둘이 하나우마 베이에 가게 되다니. 다시 정신을 차리고 만날 장소와 시간을 적어 문자를 보냈다. 그녀에게서 고맙다는 답장이 왔다.

주말 내내 시간이 너무 더디게 흘렀다. 평소에는 주말이 너무 빨리 지나간다고 아쉬워했는데 이번 주말은 시계가 고장 난 것이 아닌가 의심스러울 정도였다. 그래도 그녀와의 만남을 상상하는 순간만큼은 전혀 지루하거나 답답하지 않았다. 오히려 이런 기다림이라면 며칠이라도 더 즐길 수 있을 것 같았다.

드디어 화요일, 세인은 미리 가서 그녀를 맞이하기 위해 서둘러 약속장소인 학교 근처 버스정류장으로 향했다.

오늘은 지난번 콰지모도 사태를 교훈 삼아 최대한 깔끔하고 멋지게 꾸미기 위해 노력했다. 오늘만큼은 그녀에게 호감을 얻고 싶었다. 외모로 승부하기에는 애초에 역부족이었지만 적어도 다른 부분에선 감점을 당하고 싶지 않았다. 가벼운 발걸음으로 약속장소에 도착할 무렵 세인은 깜짝 놀라 허겁지겁 뛸 수밖에 없었다. 아직 약속시간이 한참 남았는데 카즈미가 이미 정류장 앞에 서 있었기 때문이다. 좀 더 일찍 나오지 않은 스스로를 원망하며 그녀를 향해 달려갔다.

"미안, 늦어 버렸네."

세인은 숨을 헐떡이며 다짜고짜 사과부터 했다. 그녀는 살짝 놀란 듯 돌아봤다.

"아, 아니야 내가 일찍 온 거야."

카즈미는 손사래 치며 웃었다. 하와이의 풍경을 닮은, 따뜻한 웃음이었다.

버스가 곧바로 와서 더 얘기를 나누지 못하고 함께 버스에 올랐다. 평일 낮이라 자리가 많이 비어 있어 다행이었다. 카즈미의 옆에 앉은 세인의 심장이 빠르게 뛰기 시작했다. 상투적인 표현인 줄로만 알았는데 세인은 오늘에서야 심장이 터져 버릴 것 같다는 것이 어떤 느낌인지 실감했다. 쿵쾅거리는 심장 소리가 카즈미에게 들리면 어쩌나 걱정이 될 정도였다. 잔뜩 긴장한 세인은 아무런 말도 하지 못했다.

"하나우마 베이는 처음 가 보는 거야?"

나란히 앉아 아무 말도 안 하는 것이 어색했는지 카즈미가 먼저 말문을 열었다.

"응. 근데 진짜 가 보고 싶었어."

카즈미는 세인이 말할 때마다 웃어 주었다.

"밖에 봐봐. 진짜 예뻐."

창가 쪽에 앉아 있던 카즈미가 바깥 풍경을 보며 말했다. 세인은 하와이에 온 지 두 달이 넘었기에 이제 어느 정도 하와이의 모습에 익숙해졌다고 생각했다. 하지만 이곳은 도시와 자연이 혼재된 와이키키 쪽과는 또 다른 모습이었다. 창밖으로 펼쳐지는 하와이의 새로운 얼굴에 별다른 대화 없이도 생각보다 긴 이동 시간을 어색하지 않게 보낼 수 있었다.

1시간쯤 지나 버스에서 내려 하나우마 베이를 향해 걸어갔다. 하나우마 베이는 절벽으로 둘러싸인 만이기 때문에 절벽 아래로 계단을 따라 내려가야 했다. 계단을 내려가기 전 절벽 위에서 바라본 하나우마 베이는 세인에게 아주 특별해 보이진 않았다. 영화 속에서 흔히 보는 아름다운 해변과 별다를 게 없었다. 하지만 카즈미는 하나우마 베이를 넋 놓고 바라보았다. 세인은 그런 카즈미를 물끄러미 바라봤다. 그녀의 눈동자에서 슬픔 어린, 알 수 없는 아련함이 느껴졌다.

그렇게 잠시 경치를 감상한 뒤 계단을 따라 내려갔다. 하나우마 베이는 입장 전에 야생 보호를 위한 영상을 감상하고 서명을 해야 했다. 세인은 뭐라고 하는지 잘 알아듣지 못했지만 카즈미는 영상을 집중해서 보았다. 특히 목에 플라스틱 줄이 걸린 거북이가 나올 때는 안타까움이 역력한 표정을 짓기도 했다.

영상이 끝난 후 드디어 하나우마 베이에 들어섰다. 절벽이 감싸고 있어서 그런지 아늑한 느낌이 들었다. 아름다운 해변과 바다가 아이맥스 영화처럼 눈앞에 펼쳐졌다. 평일이라 사람도 적어서 오직 둘만을 위한 개인 해변인 듯했다. 세인은 자연이 주는 감동과 카즈미와 함께 있다는 설렘의 감정이 뒤섞여 묘한 기분에 휩싸였다. 식당 사장님이 왜 여기를 꼭 가 보라고 했는지 알 것 같았다.

두 사람은 해변 중앙에 비치 타월을 깔고 짐을 내려놓은 뒤 그 위에 앉았다. 생각보다 햇빛이 강하지 않아 주변의 풍경이 눈에 더 선명하게 들어왔다. 세인과 카즈미는 이곳에 도착한 뒤 거의 말을 나누지 않았지만, 눈빛과 표정으로 충분히 교감하고 있었다. 굳이 말할 필요가 없었다.

풍경에만 향해 있던 세인의 시야에 다른 사람들이 들어오기 시작했다. 대부분 물안경과 긴 호스를 입에 물고 물속을 들락날락하고 있었다.

"우리도 저거 해 볼까?"

"좋아. 안 그래도 해 보고 싶었어!"

세인의 제안에 카즈미는 신나서 곧바로 일어섰다.

절벽 아래 동굴 같은 곳에서 스노클링 장비를 대여한 두 사람은 모래와 바다가 맞닿아 있는 곳에 섰다. 세인은 막상 구명조끼나 산소통도 없이 바닷속으로 들어가려고 하니 살짝 겁이 났다. 카즈미도 마찬가지인 듯 보였다. 세인이 용기를 내서 먼저 바다로 들어갔다. 일단 낮은 곳에서 다른 사람들이 하는 것을 흉내 냈다. 몇 번의 시행착오 끝에 스노클링의 원리를 이해한 세인은 용기를 내어 점점 깊은 곳으로 나아갔다.

형형색색의 산호가 먼저 눈에 들어왔다. 산호들 사이에 밝고 특이한 색의 물고기들이 셀 수 없을 만큼 많았다. 바다 위 풍경이 장엄하고 세련된 조각상 같은 느낌이었다면, 바다 밑은 아기자기하면서도 화려한 보석 같았다. 세인은 곧바로 수면 위로 올라와 아직 해변에 서 있는 카즈미를 향해 소리쳤다.

"이리 와 봐. 진짜 예뻐!"

그러자 카즈미는 한 발 한 발 조심스럽게 물속으로 들어갔다. 그리고 능숙한 수영으로 세인의 옆까지 다가갔다.

"따라와 볼래?"

카즈미는 잠시 머뭇거렸다. 그때 세인은 자신도 모르게 카즈미의 팔목을 잡았다. 그리고 바닷속으로 들어갔다. 위로 떠오르려는 몸을 제어하기 위해 손발을 휘저어대던 카즈미는 곧 중심을 잡고 바다 아래를 천천히 훑어보기 시작했다. 그리고 세인을 향해 엄지손가락을 추켜올렸다. 그때부터 두 사람은 중간중간 숨을 쉬러 올라올 때 말고는 바닷속을 헤집고 다니느라 정신이 없었다.

바닷속, 팔뚝만 한 크기의 물고기가 작은 물고기를 괴롭히고 있었다. 세인은 카즈미를 부른 후 그 장면을 가리켰다. 카즈미는 작은 물고기를 도와주려 했는지 그쪽으로 몸을 돌렸다. 하지만 세인은 인간이 생태계에 개입하면 안 된다는 생각에 그녀를 말렸다. 카즈미는 잠시 망설이는 듯하더니 결국 멈췄다.

한참을 그렇게 놀다가 해변으로 되돌아온 두 사람은 그대로 비치 타월 위에 누웠다. 그때 카즈미가 세인에게 물병을 내밀었다. 그렇게 누워서 숨을 고르고 있는데 세인의 오른쪽 시야에 무지개가 보였다. 무지개는 거대한 반원 모양으로 오른편 끝 절벽에 걸쳐 있었다. 세인은 눈을 감고 있던 카즈미를 깨우며 무지개를 가리켰다. 그녀는 눈을 잠시 찡그렸다가 거대한 무지개를 보고는 탄성을 내뱉었다.

"스고이!"

두 사람은 몸을 일으켜 앉았다. 그리고 계속 무지개를 바라봤다. 저렇게 크고 선명한 무지개는 난생 처음이었다.

"난 무지개가 일곱 가지 색깔로 이루어져 있다는 얘기를 믿지 않았어."

세인의 뜬금없는 말에 카즈미는 의아한 듯 쳐다봤다. 실제로 그는 교과서의 설명과 달리 무지개가 대충 서너 가지 색깔로 이루어져 있다고 생각했다.

"근데, 이제는 믿을 수 있어. 선명하게 보여."

한 번의 스노클링을 더 즐긴 후 세인은 그녀에게 돌아가자고 말했다. 더 오래 머무르고 싶었지만 저녁 전에는 숙소로 돌아가야 하는 카즈미를 위한 배려였다. 그녀도 아쉬운 듯했지만 고개를 끄덕이고는 짐을 챙겼다.

버스정류장으로 향하는 길, 세인은 마지막으로 하나우마 베이를 다시 한번 둘러보았다. 카즈미와 자신에게 아름다운 추억을 만들어 준 이곳이 고마웠다.

돌아오는 버스 안에서 두 사람은 피곤한 몸을 주체하지 못하고 잠이 들었다. 그렇게 꿈만 같던 시간이 저물어가고 있었다. 버스에서 내린 후 세인이 머뭇거리며 말했다.

"음. 아직 날이 밝기는 한데…. 혹시, 집에 데려다줘도 될까?"

잠시 망설이던 그녀가 조심스레 말했다.

"그래 주면 고맙지. 여기서 멀지 않으니 걸어서 가자."

도착하고 보니 그곳은 세인이 하와이에서 처음 머물렀던 숙소와 그리 멀지 않은 곳이었다. 사소한 우연이었지만 이를 카즈미와의 인연으로 엮으며 괜한 의미 부여를 하니 실없이 웃음이 새어 나왔다.

"고마워."

숙소로 들어가던 그녀가 뒤돌아보며 말했다. 세인은 조용히 손을 흔들었다. 집으로 가기 위해 발길을 돌리니 이곳에 살 때 늘 보았던 늙은 바오밥나무가 여전히 자리를 지키고 있었다. 아마 이 나무는 하와이에서 일어난 수많은 일을 지켜봐 왔을 것이다. 오늘 세인과 카즈미의 모습까지도. 세인은 수줍은 듯 고개를 숙이고 그 옆을 지나갔다.

감금

나는 고통에 약하다.

정신적으로든, 육체적으로든

고통은 날 쉽게 무너뜨려 버린다.

세인은 정신을 차렸다. 아무것도 보이지 않았다. 온몸은
의자에 묶여 있었다. 온 정신을 집중하여 자신이 왜 이런
일을 당해야 하는지 생각했다. 얼마 지나지 않아 문이 열
리고 한 남자의 목소리가 들렸다.

"일어났나 보군."

눈과 입이 가려져 있었지만, 공포에 온몸을 떨고 있는
세인의 모습은 누가 봐도 의식을 잃은 상태는 아니었다.
그 남자는 말을 이어갔다.

"로마에 가면 진실의 입이란 조각이 있지. 그 조각의 입에 손을 넣고 진실을 말하지 않으면 손이 잘리게 돼. 물론 전설일 뿐이지만. 그런데 이 방에서는 전설이 아닌 진짜야. 거짓을 말하면 손이 아니라 네 목이 잘리게 될 거다."

세인은 의자가 들썩거릴 정도로 떨기 시작했다.

"너무 떨 필요는 없어. 진실을 말하면 아무 일도 일어나지 않을 테니까."

그리고는 세인의 뒤쪽으로 와 목과 의자 다리를 연결하고 있던 줄을 끊었다.

"한 가지 더 말하자면, 큰 소리를 내거나 허튼짓을 해도 네 목은 잘리게 될 거다."

목이 오랫동안 젖혀져 있어 통증이 있었지만 세인은 있는 힘껏 고개를 끄덕였다. 그러자 그 남자는 세인의 눈과 입을 가리고 있던 것들을 떼어내 주었다.

세인은 흐릿함 속에 서서히 선명해지는 주변을 돌아봤다. 전등의 노란 불빛 아래 익숙한 세면대와 슬리퍼, 남자 화장품들이 보였다. 그제야 자신이 갇혀 있는 곳이 본인의 집 화장실이었음을 깨달았다. 천천히 고개를 돌려 자신을 빤히 내려다보고 있는 그 남자를 보았다.

생전 처음 보는 사람이었지만, 이상하게도 낯설지 않았다. 얼핏 봐도 50대는 넘어 보이는 그 남자는 단정하게 가

르마를 탄 머리에 짙은 회색 정장을 입고 푸른색 넥타이를 하고 있었다. 키는 보통이었으나 상당히 다부진 체격이었다. 그 남자가 맨손이었다 하더라도 호리호리한 체격에 운동과 거리가 멀었던 세인이 이겨내기는 어려운 사람이었을 것이다.

"돈이 필요하신 거라면 얼마 안 되지만 제가 가진 모든 것을 드릴 수 있습니다."

그 남자는 말없이 세인을 계속 바라봤다.

"어딘가에 저를 팔려고 하시는 건가요?"

별말이 없던 그 남자는 들릴 듯 말 듯한 한숨을 쉬고는 세인의 오른쪽 귀에 자신의 얼굴을 가까이 들이댔다. 그리고 조용히 말했다.

"내가 다시 연락 주겠다고 하지 않았나?"

심문

진실을 말해도 죽고
거짓을 말해도 죽는다.

세인은 한동안 무슨 말인지 이해하지 못했다. 도대체 알 수 없다는 표정으로 그 남자를 바라볼 뿐이었다. 하지만 잠시 후 무언가 생각났는지 잠깐 멈춘 듯했던 몸의 떨림이 다시 시작되었다.

"그 때 그 겨… 경찰… 이신가요? 제… 제가 뭘 잘못했나요? 아… 아무리 제가 잘못한 게 있다 해도… 이러시면 안 되지 않나요?"

세인은 자신의 처지를 잊고 따지듯이 물었다. 경찰이 자신을 크게 해할 수는 없을 거란 생각이 들었다. 세인의 시야에 그 남자가 가까워졌다. 이내 배에 묵직한 통증이 느껴졌다. 숨을 쉴 수 없을 정도로 고통스러워 고개를 들 수조차 없었다.

"큰 소리 내지 말라고 했지! 다음엔 주먹이 아니라 칼이 들어가게 될 거야."

한동안 격한 기침을 토해내다 겨우 다시 숨을 쉴 수 있게 된 세인은 고개를 끄덕였다.

"자. 그러면 본격적으로 진실게임을 해 보자고."

어떤 질문에도 진실을 말할 자신이 있었기에 머리가 휘날릴 정도로 고개를 끄덕였다.

"그럼 일단 나부터 진실을 말해 줘야겠지?"

"…."

나는 카즈미의 아빠다.

세인은 할 말을 잃었다. 거짓말이라 생각했다. 카즈미의 아빠가 자신에게 이런 짓을 할 이유가 없었다. 더욱이 그녀의 아빠가 한국 사람이라니. 아니 한국말을 잘하는 일본인인가? 궁금한 것이 있다면 그냥 물어봐도 되는데 왜 이런 수모와 고통을 주는지 도저히 이해할 수가 없었다.

그리고 카즈미는 자살했다.

세인은 고개를 저었다. 이 또한 믿을 수 없었다. 실종되었다는 얘기를 들었을 때는 무사히 돌아올 거라는 막연한 믿음이 있어 버틸 수 있었다. 그러나 그 믿음은 남자의 말 한마디에 처절하게 무너져 내렸다. 눈물이 차올랐다. 세인은 이런 무력한 상황에서 눈물까지 흘리고 싶지 않았지만, 눈을 깜빡이는 순간 차올라 있던 눈물이 그대로 흘러내렸다. 거짓일 것이다. 저 사람의 정체도. 저 사람이 하는 말 모두.

"거짓말이죠? 저는 당신이 카즈미의 아빠라는 것도, 카즈미가 자살했다는 것도 믿을 수가 없어요. 당신은 이미 나에게 거짓말을 했잖아요! 카즈미가 실종되었다고 하셨던 건 뭐죠? 당신이 카즈미의 아빠라면 나에게 이럴 리가 없어요! 카즈미의 아빠가 한국인이라는 말도 들어본 적 없고요!"

세인은 자신도 모르게 언성을 높이며 따지듯 질문을 쏟아 내었지만 또다시 맞을지도 모른다는 생각에 곧바로 후회했다. 다행히도 이번에는 그 남자가 대답하느라 때리진 않았다.

"몰랐나 보군. 뭐 남의 가정사를 네놈이 알 필요는 없어. 네놈이 진실을 말하지 않는다면 죽여 버리려고 잡아 가둔 거야. 또 뭐라 했지? 왜 실종되었다고 했냐고? 자살했다고 사실대로 말하면 여기저기 알아보면서 일을 시끄럽게 만들 수도 있을 게 뻔하니 사라졌다고 해야 잠자코 경찰의 연락을 기다리지 않을까 싶어서였지. 역시 내 예상대로였어."

그 남자는 말을 끝내자마자 아까 세인의 얼굴에서 뜯어냈던 테이프를 입에 다시 붙였다.

"거참, 시끄럽네. 이제부터 내가 하는 말은 다 진실이니 그냥 듣고 믿으면 돼."

그리고는 세인을 한동안 내려다보더니 다시 이야기를 시작했다.

"하와이에서 돌아온 카즈미는 이상했어. 항상 웃음을 잃은 적이 없는 밝은 아이였는데… 이 세상 모든 아픔을 다 가진 듯한 슬픈 표정을 하고 있었지. 얼마 후부터는 문을 걸어 잠그고 방에서 나오지도 않고 심지어 하와이에서 함께 있었던 친구들과도 연락하지 않더군.

도저히 참을 수가 없어서 방문을 강제로 열고 들어갔는데 카즈미는 침대에 걸터앉아 창문 밖을 멍하니 바라보며 배만 쓰다듬을 뿐이었어. 나는 카즈미에게 무릎을 꿇고 제발 정신 좀 차리라고 애원했는데 문득 배가 살짝 나와 있는 게 보이더군. 믿을 수가 없어 이성을 잃고 나도 모르게 뺨을 때리고 말았지. 카즈미는 침대에서 떨어져 나뒹군 채 울부짖었어. 다리를 타고 피가 흘러 곧바로 카즈미를 데리고 병원으로 갔지만 유산을 해 버렸지.

카즈미의 친구들에게 물어보니 하와이에서 남자친구가 있었다고 하더군. 남자라는 족속, 뻔하지. 낯선 땅에서 여자 좀 갖고 놀다 임신하니 버린 걸 거야. 그래서 카즈미가…… 그렇게 카즈미는 7년을 방에서만 보냈어. 그러다 얼마 전 쪽지 한 장 남긴 채 스스로 목을 매 목숨을 끊었지.

세인, 마할로

이놈이구나 싶었어. 너도 하와이에 있어 봤으니 마할로라는 의미를 알고 있겠지? 카즈미는 말이야, 비록 버림받았지만 그런 너에게 마지막까지 고맙다고 한 거야. 그 말이 나를 더욱 분노케 했어. 너를 찾아 모든 진실을 듣고 죽여 버리겠다고 결심했지.

너는 나에게 거짓말을 했다고 했지만 100퍼센트 거짓말은 아니야. 난 경찰이었으니까. 그래서 널 찾는 것은 일도 아니었어. 자, 이제 네 차례야. 도대체 그녀에게 무슨 짓을 한 건지 다 얘기해 봐!"

그 남자는 세인의 입에서 다시 테이프를 떼어냈다. 기다렸다는 듯이 세인은 말을 쏟아내기 시작했다.

"뭔가 오해를 하고 계신 거 같은데… 그녀의 친구들이 제가 남자친구였다고 하던가요? 전 카즈미의 남자친구가 아니었습니다. 정확히 기억나진 않지만 그녀의 친구들 모두 알고 있었을 겁니다. 카즈미에게 남자친구가 있던 건 사실이지만 전 아니었어요. 카즈미를 좋아하긴 했습니다. 그런데 전 카즈미에게 그런 상처를 줄 수 있는 사이가 아니었단 말이에요! 전 정말 억울합니다."

"억울한가? 그럼 자네는 카즈미가 왜 자살했다고 생각하나? 진실을 얘기해. 왜 자네는 잘못이 없다는 거지?"

"말씀드렸듯이 전 카즈미의 남자친구가 아니었다니까요."

"아까 보니 카즈미가 죽었다는 말에 울던데, 그만큼 카즈미를 많이 좋아했었나? 카즈미는 그런 것도 모르고 너 혼자 짝사랑했다는 건가?"

"아마도 그랬을 겁니다. 친구로서 우정은 있었을지 몰

라도."

"그렇다면 카즈미는 왜 죽기 전에 너에게 고맙다는 말을 남긴 거지?"

"그… 그건…. 잘 모르겠습니다."

"너에게만 마지막 말을 남겼는데, 정말 아무런 감정이 없었을까?"

남자는 머리를 숙인 채 고개를 절레절레 흔들고는 세인의 입에 다시 테이프를 붙였다. 이내 세인의 오른손 중지에 엄청난 고통이 밀려왔다. 세인의 손톱을 뽑은 펜치에서 붉은 피가 흘러내리고 있었다.

"진실만을 말하라고 했을 텐데! 거 참, 말이 안 통하는군. 고통을 느끼며 반성해!"

남자는 문을 닫고 나가 버렸다. 세인은 거친 숨을 몰아쉬며 통증이 가라앉기만을 바랐다.

사실 세인은 카즈미가 그에게 고맙단 말을 남긴 이유를 알 것 같았다. 하지만 누군지도 모르는 수상한 남자에게 죽을 때까지 묻어 두기로 한 비밀을 털어놓을 순 없었다. 아니, 털어놓고 싶지 않았다. 카즈미에 대한 생각을 하다 보니 잠시 손가락의 통증이 가라앉는 듯했다. 그러다 다시 견딜 수 없을 정도로 고통이 밀려왔다. 세인의 의식은 점

차 흐릿해졌다. 그때의 기억이 세인의 뇌리를 스쳐 지나
갔다. 자신을 고통으로부터 구원해 주던 그 시절의 기억
을…

거북이

히비스커스, 홀로 간직해 온 사랑.

플루메리아, 당신을 만난 건 행운.

카즈미와 하나우마 베이에 다녀오고 일주일 정도 지났을 무렵 세인은 오랜만에 도서관을 찾았다. 너무 일찍 왔나 싶을 정도로 열람실엔 아무도 없었다. 문득 평소에 열람실에서 못해 봤던 걸 해 봐야겠다는 생각에 집에서 가져온 캔커피의 뚜껑을 힘껏 땄다. 경쾌한 소리가 열람실을 울렸다.

커피를 홀짝홀짝 소리 내어 마시며 하나우마 베이를 다녀온 이후 카즈미와 주고받았던 문자를 다시 훑어 보았다.

카즈미는 그날의 여운이 잘 가시지 않는 듯했다. 그녀에게
잊지 못할 추억을 남겨 준 것 같아 스스로가 대견했다.

그렇게 한 시간쯤 지나자 어느덧 열람실에는 꽤 많은 사
람이 자리를 차지하고 있었다. 세인도 핸드폰을 주머니에
집어넣고 책으로 시선을 돌렸다. 그때 누군가 세인의 어깨
를 툭툭 쳤다. 영준이었다. 영준은 나오라는 고갯짓을 하
고 열람실을 빠져나갔다.

"혹시나 해서 봤는데 역시나 형이 있더군요."

싱클레어 도서관의 열람실 벽은 유리로 되어 있어서 오
다가다 내부를 확인할 수 있었다.

"아침 수업이야?

"네, 형이랑 커피 한잔하려고요."

늘 밝아 보이던 영준이었지만 이날은 약간 고민이 있는
듯했다. 세인은 영준을 데리고 카페로 가서 커피 두 잔을
시켜 자리에 앉았다.

"무슨 고민 있어?"

"아니요. 고민이라기보다는 기분이 좀 그래서요."

"왜? 에리카랑 싸웠어?"

"아, 아니요. 에리카 관련된 건 맞는데…. 그런 건 아니
에요. 다만, 뭐랄까 어떤 지점에서 관계가 더 나아가지 않
는 것 같은 느낌이 들어요. 약간 그 애가 차갑다? 거리가

있다? 그런 기분이 들 때도 있고…. 전 정말 최선을 다하고 있는데….”

영준은 어느새 에리카를 많이 좋아하게 된 것 같았다.

“뭐, 아직 만난 지 그리 오래되지 않아서 그런 거 아닌가?”

위로차 건넨 세인의 말에 영준은 고개를 저었다.

“형, 저도 연애를 좀 해 봤는데, 그런 거랑은 좀 다른 거 같아요.”

“뭐가?”

“그건 좀 서먹하거나 약간 어색한 느낌이죠. 아니면 아직은 좀 덜 친해진 느낌? 근데 제가 지금 느끼는 건 그런 게 아니에요.”

세인은 연애를 해 본 적이 없어서 영준이가 하는 말에 크게 공감할 수 없었다.

“아니면, 어차피 얼마 이따 헤어져야 하니까, 좀 거리를 두는 것 아닐까?”

“그럴 수도 있겠네요…. 근데 뭔가 좀… 달라요.”

“오히려 네가 좀 조급한 걸 수도 있어.”

“그런가요? 하긴… 전 좀 많이 아쉬운데….”

“그래서 그런 거겠지. 그냥 신경 쓰지 말고 남은 시간 즐겁게 보내.”

"네, 감사합니다. 형도 연애 많이 해 보셨나 보네요."

"어… 어…. 그래, 그런 건 아닌데…."

영준은 기분이 좀 나아졌는지 아까보다는 가벼워진 발걸음으로 수업을 들으러 떠났다. 솔직히 세인은 저런 고민을 하는 영준이 부러웠다. 다시 도서관으로 돌아와 자리에 앉았다. 심호흡과 함께 독서에 집중하겠다는 다짐을 하고 책이 뚫어져라 읽기 시작했다. 하지만 얼마 지나지 않아 또다시 누군가 세인의 어깨를 쳤다. 영준이 다시 왔나 싶어 고개를 드는 순간 세인은 그대로 얼어붙어 버렸다.

카즈미였다. 이제는 어느 정도 친한 친구 사이 정도는 되어 안 그럴 것이라 생각했는데 여전히 세인의 몸은 굳어버렸고 심장은 터질 듯이 뛰었다. 세인은 겨우 손을 들어 조용한 목소리로 인사했다. 카즈미는 웃으며 나오라는 손짓을 했다. 세인은 홀린 듯 따라 나갔다.

카즈미는 열람실 문 앞에서 뒷짐을 진 채 세인이 나오길 기다리고 있었다. 뭔가 할 말이 있는 듯했지만 망설이는 것처럼 보였다. 그리고 결심했다는 듯 입을 열었다.

"세인, 우리 오늘 노스쇼어에 가자!"

세인은 잘못 들었나 싶었다. 하지만 두 귀로 똑똑히 들었다. 카즈미는 분명히 노스쇼어에 가자고 말했다.

"그래, 그래. 언제 출발할까?"

"지금 바로!"

카즈미의 말에 세인은 별다른 고민도 없이 바로 열람실로 돌아와 짐을 쌌다. 그리고 부리나케 다시 그녀가 있는 곳으로 갔다.

"같이 가 줘서 고마워."

카즈미가 조금은 미안하다는 듯이 말했다.

"아니야, 아니야. 저번에 네가 함께 가줬잖아. 당연히 함께 가 줘야지."

그들은 학교 앞에서 버스를 타고 노스쇼어로 가는 버스가 있는 알라모아나 쇼핑센터로 향했다. 사실 세인은 이전에 한국 교환학생끼리 노스쇼어에 갈 기회가 있었지만 이동하는 데만 2시간이 걸린다는 말에 함께 가지 않았다. 하지만 카즈미와 함께라면 거리 따위는 안중에 없었다.

그때 버스가 도착했고, 둘은 나란히 앉았다. 세인은 버스에서 카즈미와 계속 가까이 앉아 있을 수 있다는 사실이 좋았다.

"갑자기 노스쇼어에는 왜 가고 싶었어?"

"거북이가 보고 싶었어."

언젠가 노스쇼어의 터틀비치가 거북이로 유명하다고 들었던 게 기억났다.

"거북이를 좋아해?"

"거북이를 좋아하기보다는… 부러워서…."

카즈미의 답은 의외였다.

"부럽다고? 거북이가? 왜?"

잠시 망설이던 카즈미가 입을 열었다.

"거북이는 단단한 등껍질이 있잖아. 그래서 언제, 어디서든 그곳에 숨을 수가 있으니까…."

세인은 선뜻 이해가 되지 않아 다른 이야깃거리를 찾기 시작했다. 그때 카즈미의 머리 위에 달린 머리핀 두 개가 세인의 눈에 들어왔다. 하와이에서 많이 본 꽃 모양이었다.

"머리핀이 예쁘네.

"예쁘지? 하얀 꽃잎에 가운데가 노란 꽃이 플루메리아고 나머지 다른 꽃은 히비스커스야."

카즈미는 웃으며 답했다. 그리고 그 꽃들의 꽃말도 얘기해 주었으나 제대로 듣지 못했다. 그렇게 버스를 탄 지 두 시간이 지났을 무렵, 버스 앞 표지판에 드디어 'North Shore'라는 단어가 보였다.

버스에서 내리자 바다가 눈앞에 펼쳐졌다. 세인은 여유롭게 기지개를 켜며 주변을 둘러봤지만 옆에 있던 카즈미는 안절부절못했다.

"왜? 무슨 문제 있어?"

"이제 길을 몰라…."

카즈미의 표정이 무척 난처해 보였다.

"걱정 마. 유명한 관광지니까 표지판이 있을 거야."

세인은 그녀를 안심시키기 위해 자신 있게 말했다. 하지만 그도 막막한 건 마찬가지였다. 사람들도 거의 없어 길이 난 쪽으로 무작정 걷기 시작했다. 그때 표지판 하나가 눈에 들어왔다. 터틀비치 리조트라고 쓰여 있었다. 세인은 의기양양하게 표지판을 가리키며 카즈미를 바라봤다. 그제야 카즈미도 웃음을 지으며 여유를 되찾았다.

곧 바다 근처에 도착했고 둘은 거북이를 찾아 계속 해변을 걸었다. 일광욕을 즐기는 사람들이 종종 있었지만 대체로 한산했다. 그런데 눈을 씻고 찾아봐도 거북이는 없었다. 터틀비치가 아닌 다른 바닷가에 온 것 아닌가 싶어 슬슬 초조해졌다.

"미안해."

한참을 그렇게 걷다가 카즈미가 사과를 했다. 세인은 멋진 해변을 그녀와 단둘이 걷고 있는 이 상황이 너무나 황홀했기 때문에 갑작스러운 사과에 당황했다. 카즈미는 거북이도 못 보고 계속 이렇게 걷기만 하는 상황이 미안한 듯했다.

"뭐가 미안해? 전혀 상관없어. 거북이는 수족관에 가면 많이 있고 못 봐도 괜찮아."

카즈미는 말없이 고개를 숙였다.

세인은 분위기를 전환하기 위해 근처에 푸드트럭이라도 있으면 그곳에서 간단하게 점심을 먹자고 제안했다. 카즈미는 기다렸다는 듯이 밝게 웃었다. 하지만 한참을 걸어도 푸드트럭은커녕 그 어떤 가게도 보이지 않았다. 둘은 하염없이 걷고 또 걸었다.

더운 날씨에 점심도 못 먹고 몇 시간째 걷다 보니 더 이상 걷는 것은 무리라는 생각이 들었다. 세인은 잠시 쉬었다 가자고 제안했다. 카즈미도 더 이상은 무리라고 판단했는지 흔쾌히 동의했다. 그들은 해변의 나무 그늘 아래 타월을 깔고 앉았고 세인은 가방에서 물을 꺼내 카즈미에게 건넸다.

"미안해."

이번에는 세인이 미안하다고 했다.

"아니야. 내가 미안하지. 난 괜찮아."

덥고 배도 고파서 짜증이 많이 났을 법도 한데 카즈미는 활짝 웃으며 답했다. 그리고 그들은 한참을 아무 말 없이 그늘 아래서 바다를 바라보았다.

카즈미가 갑자기 모래를 한 움큼 쥐더니 모래시계처럼 모래를 아래로 흘려보내는 장난을 치기 시작했다. 그리고 들릴 듯 말 듯한 목소리로 혼자 중얼거렸다.

I like sea, but I don't like sands⋯.

카즈미는 하나우마 베이에서 봤던 알 수 없는 눈빛을 하고 있었다.

"모래? 왜?"

세인은 의아한 듯 물었다.

카즈미는 애써 미소를 지으며 말했다.

"별다른 이유가 있는 것은 아니고⋯. 그냥 모래 없는 해변이 있다면 그곳에서 한번 살아 보고 싶어."

가만히 듣고 있던 세인은 문득 한 곳을 떠올렸다. 학창 시절, 거제도 조선소에서 일하는 친척 집에 놀러 갔다가 몽돌 해수욕장이라는 곳을 알게 되었다. '모가 나지 않은 둥근 돌'이란 이름처럼 물에 젖어 눈부시게 빛나는 조약돌과 푸른 바다가 어우러진 곳이었다. 세인은 카즈미에게 몽돌 해수욕장에 관한 이야기를 해 주었다.

"아, 맞다. 나도 그런 곳 알아. 어릴 적에 시즈오카 쪽 해변에 간 적이 있는데 거기가 그랬어. 덕분에 다시 생각났

네. 기회가 된다면… 언젠가 그곳에서 꼭 한번 살아 보고 싶다."

세인은 그녀에게 도움이 된 것 같아 뿌듯해졌다.

어느 정도 휴식을 취한 두 사람은 다시 길을 나섰다. 하지만 거북이와 푸드트럭 그 무엇도 찾을 수 없었다. 결국 지금 있는 곳이 어디인지조차 알 수 없었다. 그때 버스정류장 하나가 그들의 눈에 들어왔다. 제발 집으로 돌아가는 버스가 서는 곳이기를 기원하며 버스정류장으로 다가갔다. 천만다행으로 집으로 돌아가는 버스가 서는 곳이 맞았다. 세인과 카즈미는 아무 말 없이 다가오는 버스에 서둘러 몸을 실었다. 둘은 배고픔을 견뎌서라도 빨리 집으로 돌아가는 것에 암묵적으로 동의한 듯했다.

많이 피곤했는지 카즈미는 버스를 타자마자 잠이 들었다. 세인도 자고 싶은 마음이 굴뚝같았지만, 그녀의 옆에 이렇게 앉아 있는 순간의 설렘을 조금이나마 더 간직하고자 고개를 흔들어 잠을 쫓았다. 하지만 어느 순간 잠이 들었고 눈을 뜨니 거의 도착해 있었다.

알라모아나 쇼핑센터에 들른 그들은 간단하게 요기를 하고 카즈미의 숙소로 향했다. 푹 자고 일어나서인지 카즈미의 발걸음이 가벼워 보였다.

"정말 고마워."

숙소에 도착한 카즈미는 몇 번이나 세인에게 고맙다고
했다.

"다음에 또 가고 싶은 곳 있으면 언제든 연락 줘."

그녀가 건물로 들어가는 것까지 지켜본 세인은 가벼운
발걸음으로 아르바이트를 하기 위해 가게로 향했다.

세인은 접시를 닦으며 하루를 되돌아봤다. 카즈미가 자
신을 동행자로 택했다. 그리고 하루 종일 그녀와 붙어 있
었다. 이런 생각들을 하자 접시가 닳아 없어질 정도로 힘
을 낼 수 있었다. 하지만 카즈미의 눈에 아른거리던 알 수
없는 감정이 계속 마음에 걸렸다.

숨겨진 기억

왜 이렇게 하는 걸까?

나는 또 무엇을 망설이는 걸까?

모든 걸 놓고 싶다.

저 사람도 나도 이제 정상이 아닌 것 같다.

시간이 꽤 지난 후, 다시 문이 열리고 그 남자가 돌아왔다.

"이번에는 진실을 말하길 기대하지."

남자가 세인의 입에 붙어 있는 테이프를 떼어내며 말했다. 세인은 기침을 한 번 하고는 다급하게 말했다.

"저는 남자친구가 아니었습니다. 진짜에요. 제가 카즈미를 짝사랑했고, 자주 어울려서 그녀의 친구들이 오해한 것 같습니다. 정말입니다. 카즈미의 남자친구는 제가 아닌 제이미입니다. 제이미 샌즈요."

남자는 대답 없이 계속 세인을 바라보았다.

"그를 조사해 보세요. 그때까지 저를 묶어 두셔도 좋습니다. 그렇게 해서 아버님의 화가 풀어질 수 있다면 전 기다릴 수 있습니다."

남자는 잠시 생각하는 듯했다.

"그 사람은 아직 하와이에 있나?"

"네. 그런데… 그… 그 사람도 자살했습니다."

세인은 분명 사실을 말하고 있었지만 저 남자가 이를 어떻게 받아들일지 확신하지 못했다. 죽은 사람에게 죄를 뒤집어씌우는 것이라 생각할 수도 있다. 하지만 남자는 별 의심 없이 바로 질문 세례를 퍼부었다.

"그 사람은 언제 자살했지? 왜 자살한 건가?"

"아마 제가 귀국하기 전날이었으니까 2008년 12월 23일인가 그랬을 겁니다. 사실 저도 귀국 후에 다른 사람을 통해 전해 들었기 때문에 왜 자살했는지는 모릅니다."

"자살했다는 얘기는 누구한테 들었지?"

세인은 손에 땀이 차오르고 심장박동수가 올라가는 것을 느꼈다.

"그건 저도 잘 기억이 나질 않네요…."

그 남자는 잠시 생각에 잠기더니 세인을 무섭게 노려보

며 말했다.

"카즈미가 사랑했던 사람이 자살을 해서 그렇게 힘들어했다? 그런 건가? 아니야. 그럴 리 없지. 카즈미는 한 번도 제이미란 사람에 대해 말한 적 없어. 카즈미의 친구들도 그 이름을 언급한 적 없었고 네 이름만 쪽지에 남아 있었지. 그리고 너는 나한테 하와이에서 만난 친구들과 그동안 연락하지 않았다고 했으면서 제이미가 자살했다는 소식을 들었다고? 아직 정신을 못 차렸군."

남자는 다시 피 묻은 펜치를 집어 들었다. 세인은 아까의 그 고통을 다시 겪고 싶지 않았다.

'그래, 일단 그날의 일만 얘기하지 말자. 그전까지의 일만 얘기하면서 시간을 끌고 이 사람이 누구인지 대화를 더해 보자. 그러고 나서 이 상황을 극복할 방법을 다시 생각해 보는 거야.'

펜치가 세인의 왼손 가운뎃손가락에 닿는 순간, 세인은 다급하게 말했다.

"잠깐만요. 일단 제이미에 대해 말씀드리겠습니다. 기억나는 것은 모두 말씀드리겠습니다."

에스프레소와 토끼 인형

해도 될까 생각될 때는 안 하는 것이 답이고

해야 할까 생각될 때는 하는 것이 답이다.

세인은 카즈미를 만나기 위해 바삐 달려가고 있었다. 단 둘이 만나는 것은 이번이 세 번째였다. 오늘도 그녀가 먼저 연락했다. 생각해 보니 그녀와 알게 된 지 한 달이 다 되어 가는데 통화를 한 것은 이번이 처음이었다.

"나 약속이 취소되어서… 알라모아나 쇼핑센터에 있는 카페에 혼자 있는데…… 혹시 근처에 있으면 올 수 있어? 내가 커피 사 줄게."

"그래? 지금 때마침 근처인데. 바로 갈게!"

세인은 집에 있었지만 일말의 망설임도 없이 답했다.

카즈미는 구석 자리에서 혼자 커피를 마시고 있었다. 그리고 세인을 보자 반갑게 손을 흔들었다. 세인은 환한 웃음을 지으며 자리에 앉았다. 그리고 에스프레소를 주문했다. 세인은 커피를 그다지 좋아하지 않았기에 가끔 카페에 갈 일이 생기면 쓰지만 가장 양이 적어 빨리 마셔 버릴 수 있는 에스프레소를 시키곤 했다. 카즈미가 세인의 에스프레소 잔을 가리키며 말했다.

"한번 마셔 봐도 돼?"

세인은 고개를 끄덕이며 카즈미 앞으로 잔을 옮겨 주었다. 그녀는 살짝 입을 대더니 인상을 크게 찌푸렸다.

"윽! 너무 쓴데? 내 거 한번 마셔 볼래? 훨씬 맛있어."

쓰디쓴 에스프레소보다 달달한 것이 그녀의 말대로 훨씬 맛있었다. 세인은 카즈미의 기대에 가득 찬 눈빛에 네 말이 맞았다는 표정으로 화답했다. 그때 전화가 왔다. 영준이었다. 좋은 분위기를 끊고 싶지 않았던 세인은 받지 않으려고 했지만, 카즈미는 핸드폰을 가리키며 받을 것을 권했다. 세인은 마지못해 전화를 받았다.

"형, 어디세요?

"카즈미랑 커피 마시고 있는데?"

"제가 적절한 타이밍에 전화를 드렸군요."

"응? 무슨 일인데?"

"형, 내일 카즈미 생일이래요. 축하라도 해 주세요."

서로 많이 가까워졌다고 생각했지만 아직 생일도 모르고 있었다는 사실에 세인은 문득 카즈미에게 미안해졌다.

"그렇구나. 고마워. 너한테 신세를 많이 지네."

영준에게 감사의 말을 건네고 전화를 마친 세인은 머릿속이 복잡해졌다. 세인에게 있어 내일은 처음이자 마지막일 수 있는 카즈미의 생일이었다. 그런 만큼 기억에 남는 무언가를 해 주고 싶었다. 하지만 아직 아르바이트 급여를 받지 못해 수중에 돈이 많지 않았다. 세인은 초조한 기색이 역력한 표정으로 주변을 이리저리 살폈다.

"무슨 일 있어?"

이를 눈치챈 카즈미가 물었다.

"어? 아니, 아무것도 아니야."

세인은 별일 아니라는 듯 넘겼지만 카즈미를 안심시키진 못했다.

"그럼 이제 돌아갈까?"

카페를 나와 기억에 남을 무언가가 없을까 하고 주변을 살피며 걷는데 세인의 시선을 잡아끄는 것이 있었다. 바로 인형 뽑기 기계였다. 몸으로 하는 것은 대부분 잘하지 못했지만 오락실에서만큼은 훌륭한 인재로 손꼽혔던 세인이었다. 가던 길을 멈추고 인형 뽑기 기계를 가리켰다. 카즈미는 어리둥절한 표정이었다. 조금 전까지 안절부절못하던 사람이 인형 뽑기 기계를 가리키니 그럴 수밖에 없었다. 카즈미는 어색한 웃음을 지으며 고개를 끄덕였다.

세인은 인형 뽑기 기계 앞에 섰다. 남들보다 잘하는 편이긴 했지만 열에 한두 번 정도 성공하는 수준이었다. 한 번에 2달러 정도였기 때문에 수중에 가진 돈으로 열 번 정도 시도할 수 있었다. 하지만 그래서는 기억에 남는 선물이 될 수 없다고 생각했다. 자신이 잘하는 것을 카즈미에게 보여 주고 싶었다. 세인은 세 번 안에 성공해야겠다고 마음먹었다.

첫 번째 지폐를 기계에 넣었다. 첫판은 탐색용이었다. 조이스틱의 감도나 인형을 들어 올리는 집게의 힘, 적절한 대상 등을 파악해야 했다. 그런데 예상치 못한 일이 벌어졌다.

"저 토끼 인형 너무 귀엽다!"

카즈미가 기계 구석에 있는 토끼 인형을 가리키며 말했다. 크기도 적당하고 집어 올리기 쉬운 위치에 있는 인형을 미리 점찍어 놓은 세인은 당황했지만, 카즈미가 원하는 인형을 뽑아 주고 싶다는 생각에 손끝의 미세한 감각에 온 정신을 집중하였다.

조이스틱을 천천히 움직여 집게를 토끼 인형 쪽으로 움직였다. 그리고 버튼을 눌렀다. 집게가 생각보다 빠르게 내려가더니 토끼의 머리를 부여잡았다. 각도가 좋았다. 한 번에 성공하는 게 아닌가 싶어 심장이 두근거렸다. 하지만 집게는 인형을 힘없이 떨구며 제자리로 돌아왔다.

카즈미는 매우 아쉬워했다. 하지만 세인은 조이스틱의 감도나 집게의 집는 힘을 다 파악했기 때문에 약간의 자신감이 생겼다. 집게가 인형을 잡는 위치만 잘 선택한다면 성공할 수 있을 것 같았지만 주변 인형의 위치가 좋지 않았다. 인형을 안정적으로 들어 올리기 위해서는 인형의 몸통을 움켜쥐어야 하는데 그 위치에 다른 인형의 다리가 놓여 있었다.

세인은 두 번째 판을 전략적으로 활용하기로 했다. 두 번째 지폐를 넣고 집게를 토끼 인형이 아닌 그 옆의 인형 쪽으로 움직였다. 그리고 조이스틱을 마구 돌리기 시작했다. 카즈미는 무슨 짓을 하는 거냐는 표정으로 세인을 바라봤다. 그때 집게가 원을 그리며 빙빙 돌기 시작하더니 점점 더 큰 원을 그리다가 급기야 옆에 있던 인형을 쳐내

버렸다. 더 이상 토끼 인형의 몸통을 공략하는 데 방해가 되는 인형은 없었다. 세인은 의미심장한 웃음을 지으며 카즈미를 쳐다보았지만, 그의 의도를 파악하지 못한 카즈미는 여전히 어이없다는 표정이었다.

세인은 마지막 지폐를 기계에 넣었다. 옆을 슬쩍 보니 예상대로 카즈미가 이번만 하고 가자는 표정을 짓고 있었다. 조심스럽게 집게를 토끼 인형 쪽으로 움직였다. 그리고 정확히 토끼 인형 몸통 위로 위치하도록 몇 번 조정한 뒤 버튼을 눌렀다. 속으로 빌고 또 빌었다. 집게가 토끼 인형의 몸통을 정확하게 감싸 안았다. 그리고 인형을 들어올리기 시작했다. 끝까지 다 올라왔음에도 인형은 여전히 집게에 매달려 있었다. 카즈미도 손을 모으고 유리창을 뚫어지게 바라보았다. 집게가 인형을 언제라도 놓아 버릴 듯이 헐렁하게 움켜쥐고 움직이기 시작했다. 덜컹. 집게가 벌어지며 인형이 떨어졌다.

성공이었다. 카즈미는 소리를 지르며 기뻐했다. 기계 아랫부분에서 인형을 꺼냈다. 하얀 빛깔에 살짝 웃음 짓는 모습이 카즈미와 비슷했다. 세인은 카즈미에게 토끼 인형을 건넸다.

"생일 축하해!"

카즈미는 어안이 벙벙한 채 어떻게 알았냐는 표정으로

그를 바라봤다. 하지만 곧 그런 건 중요치 않다고 생각했는지 인형을 안고 고맙다는 말만 되풀이했다. 그리고 생일 선물에 대한 보답으로 아이스크림을 사겠다고 했다. 세인과 카즈미는 인형 뽑기 기계 건너편에 있는 소프트아이스크림 가게로 향했다. 주문한 아이스크림이 나오자 하나씩 손에 쥐고 쇼핑센터 가운데에 있는 벤치에 앉았다.

쇼핑센터 스피커에서 노래가 흘러나오고 있었다. 하와이의 전설적인 가수 IZ의 〈Somewhere over the rainbow〉였다. 세인은 하와이에 온 지 한 달이 채 되지 않았을 때 길거리를 걷다가 우연히 이 노래를 들었다. 영화 〈오즈의 마법사〉에 나오는 익숙한 노래였지만 하와이의 밝고 영롱하며 순수한 느낌이 그대로 묻어나는 반주와 IZ의 목소리는 그의 발걸음을 멈추게 했다. 세인에게 이 노래는 하와이 그 자체였다.

"이 노래 알아?"

"아니. 처음 들었어. 근데 너무 좋다."

세인은 카즈미에게 이 노래에 대해 설명해 주었다. 그리고 약속했다.

"혹시나 다음 생일에도 우리가 만날 수 있다면, 그때는 이 노래 CD를 선물해 줄게."

"정말? 고마워! 근데 세인의 생일은 언제야?"

카즈미의 물음에 세인은 얼버무렸다. 이미 지났는데 굳이 말해서 그녀를 미안하게 만들고 싶지 않았다.

그런 세인의 마음을 눈치챘는지 카즈미가 갑자기 머리에서 머리핀 하나를 떼어 내어 그에게 건넸다. 붉은빛 히비스커스 모양의 머리핀이었다. 세인은 떨리는 손으로 조심스럽게 머리핀을 받아 손에 계속 쥐고 있었다. 카즈미의 온기까지 느껴지는 듯했다.

가장 좋아하는 노래를 들으며, 좋아하는 사람과 아이스크림을 먹고, 선물까지 받으니 세인은 더 이상 바랄 것이 없었다. 아니, 사실 한 가지 바람이 있었다. 세인은 단 한 달 만이라도 카즈미의 남자친구가 되고 싶었다. 둘을 감싸고 있는 분위기는 세인의 마음속에 숨겨진 바람을 밖으로 드러나도록 부추기고 있었다. 이기적인 욕심임을 알고 있지만 시도라도 해 보고 싶었다. 카즈미가 거절할 경우 남은 한 달 동안 그녀를 볼 수 없게 된다는 사실이 두려웠지만, 어차피 한 달 후면 못 보게 될 것이라는 생각에 용기를 냈다.

"카즈미."

세인은 나지막이 카즈미를 불렀고 그녀는 고개를 돌려

세인을 바라봤다.

"나… 음……. 네 남자친구가 되고 싶어."

세인을 바라보던 카즈미의 눈동자가 급격히 흔들렸다. 망설이거나 하는 표정이 아니었다. 무언가 할 말이 있는데 이를 어떻게 얘기해야 할지 고민될 때 나오는 표정에 가까웠다. 눈빛만으로도 어떤 대답이 나올지 예상할 수 있었다.

"미안. 그냥 장난이었어."

거절하는 대답을 카즈미의 입으로 직접 듣고 싶지 않아 먼저 말을 꺼냈다. 세인의 말에 카즈미는 살짝 웃음을 보였다. 하지만 그녀는 여전히 무언가 할 말이 남아 있는 것처럼 보였다. 조금 전까지 두 사람을 감싸고 있던 분위기는 온데간데없이 사라져 버리고, 대신 미안함과 어색함이 뒤섞인 적막만이 남았다. 세인은 이 상황을 빨리 벗어나 집으로 가고 싶었다. 하지만 앞으로 카즈미를 보기 어려워질 것 같다는 생각에 그녀에게 집까지 데려다주겠다고 했다. 카즈미는 고개를 끄덕였다. 아무런 말없이 이어진 귀갓길. 카즈미가 기숙사 정문 앞에서 어렵사리 입을 열었다.

"나 사실 남자친구가 있어…. 그래도 우리 계속 친구인 거지? 그렇지?"

세인은 힘없이 고개를 끄덕거렸다. 집으로 돌아오는 길, 세인이 놓았는지 아니면 놓쳐 버렸는지 카즈미가 준 그 히비스커스 꽃 모양 머리핀은 더 이상 그의 손에 없었다.

고통 그리고 멈춤

악마와 천사

악마와 천사는 한데 어울려 산다.

심지어 서로 사랑하기도 한다.

집으로 돌아온 세인은 카즈미에게 남자친구가 있었다는
것도 모르고 혼자 온갖 즐거운 상상을 했던 자신이 우습게
느껴졌다. 솔직히 화도 났다. 하지만 이런 생각은 자신을
더 부끄럽게 만들 뿐이었다.

세인은 이제 모든 것을 잊고 남은 하와이 생활을 재밌게
보내야겠다고 다짐했다. 하지만 그런 다짐은 여러 의문과
원망으로 금세 잊혀졌다.

'남자친구가 있었는데도 왜 나한테 노스쇼어에 함께 가

자고 했지? 짐꾼이 필요했던 걸까?'

그 당시 짐이랄 것은 없었다.

'보디가드가 필요했던 걸까?'

세인은 보디가드를 할 만한 몸이 아니었다.

'남자친구랑 싸웠던 걸까?'

그런 것이라면 자신이 너무 비참해질 것 같았다.

'영준은 이 사실을 몰랐을까? 에리카라면 이 사실을 알고 있었을 텐데….'

영준까지 원망스러워졌다.

마침 영준에게 전화가 왔다.

"즐거운 시간 보내셨나요?"

"어, 방금 집에 보내 주고 들어왔어."

"그러셨군요. 에리카 말로는 카즈미가 형 얘기를 자주 한대요. 카즈미도 형이 마음에 있는 거 아닐까요? 뭐 이제 한 달밖에 안 남았지만 그래도 잘 됐으면 좋겠네요."

세인은 영준의 말에 피식 웃고 말았다.

"왜 웃으세요? 좋은 소식이 있는 건가요?"

"남자친구 있대."

영준은 한동안 말이 없었다.

"에리카는 그런 얘기 전혀 한 적이 없었는데요. 제가 에리카한테 다시 물어볼까요?

"아니야, 절대로 얘기하지 마…. 만약 진짜라면 무슨 이유가 있어서 비밀로 했을 테고, 거짓이라면 내가 싫어서 둘러댄 것일 테니 굳이 부끄럽게 알리고 싶지 않아."

"그렇군요. 죄송해요, 형. 그런 줄도 모르고…."

"아니야, 신경 쓰지 마."

"형, 토요일 밤에 교포 친구들하고 파티가 있는데 기분 전환도 할 겸 같이 가지 않으실래요? 형한테도 연락이 갔을 텐데요."

세인은 며칠 전 한 번 뭉치자는 문자를 받았던 기억이 났다.

"솔직히 그런 데 갈 기분이 아니라서. 너라도 가서 재밌게 놀다 와."

"무슨 일정이 있는 건 아니시죠?"

"내가 무슨 일정이 있겠냐? 잘 놀다 와."

세인은 아무것도 하기 싫었지만 아르바이트를 위해 집을 나섰다. 사실 아르바이트도 그녀를 만나기 위해 시작한 이유가 컸기 때문에 더 이상 가고 싶지 않았다. 하지만 사장님과의 의리도 있고 지금까지의 급여도 받아야 했기에 안 갈 수는 없었다. 이런 정신 상태면 며칠은 잠을 이루기 힘들 것 같아 몸이라도 고되게 하여 빨리 잠들어 버리자는 생각에 서둘러 준비하고 집을 나섰다.

사장에게 부탁해 학교에 가지 않고 낮에도 아르바이트를 했다. 뭔가에 집중하니 시간도 잘 가고 카즈미 생각도 조금은 덜 할 수 있었다. 하지만 너무 무리해서인지 토요일에는 아무 일도 못한 채 하루 종일 침대에 누워 잠이 들었다 깨어나길 반복했다.

그렇게 8시 정도 되었을 무렵 초인종이 울렸다. 그냥 없는 척할까 했지만 혹시 몰라 무거운 몸을 이끌고 현관으로 갔다.

"형, 저예요. 영준이요. 문 좀 열어 주세요."

세인은 깜짝 놀라 얼른 문을 열었다.

"어, 웬일이야? 이 시간에. 너 파티 간다고 하지 않았어?"

"형 데리러 왔죠."

"나를? 안 간다고 했는데…."

파티에 가지 않겠다고 한 세인에게 순순히 알겠다고 물러날 영준이 아니었는데 역시나였다. 세인은 난감한 표정으로 영준을 바라봤다.

"형, 우리 이제 돌아갈 날이 한 달도 안 남았어요. 계속 이렇게 지내시다 보면 한국 돌아가서 엄청 후회하실 겁니다. 여기 친구들도 언제 다시 볼지 모르는데 말이죠. 어서

옷 갈아입고 나오세요. 하와이의 밤을 즐겨 보자고요."

세인은 더 이상 반박할 수 없어 어쩔 수 없다는 표정으로 고개를 절레절레 흔들었다. 하는 수 없이 대충 외출복으로 갈아입고 따라나섰는데 영준은 이내 집 앞 길가에서 멈춰 섰다.

"마이클 형이 형 온다고 하니까 데리러 오겠다고 하더라고요. 조금 있으면 올 겁니다."

세인은 영준의 넉살에 혀를 내두를 수밖에 없었다.

"내가 끝까지 안 간다고 했으면 어쩌려고 마이클 형까지 불렀어?"

"자신 있었거든요."

영준의 그 말과 동시에 차 한 대가 그들 앞으로 와서 섰다. 마이클이었다. 마이클은 돈이 많고 성격도 좋아 하와이 한인 교포 청년들의 구심점과 같은 존재였다. 세인과 같이 존재감 없는 사람도 살갑게 챙기며 뭐든 적극적으로 도와주는 좋은 사람이었다.

"고마워요, 형. 이렇게 와 주실 필요까진 없는데…."

"아니야, 괜찮아. 어서들 타."

세인과 영준은 차를 타고 파티가 열리는 마이클의 집으로 향했다. 마이클은 와이키키에 있는 럭셔리한 콘도미니엄에서 살고 있었다. 이전에 세인과 영준은 그 집에 가 본 적이 있었다. 자신의 초라한 방 한 칸도 몇 백 불씩 하는데 마이클은 방이 여러 개 있는 콘도미니엄을 혼자 쓰고 있어 크게 놀랐었다. 세인은 부러우면서도 주눅이 들어 그 이후에는 가기를 꺼렸다.

얼마 후 세인과 영준은 마이클의 집에 도착했다. 그동안 함께 어울렸던 한인 교포 친구들 대부분은 이미 도착해서 수다를 떨고 있었다. 처음 보는 사람들도 한두 명 있었지만 대부분 낯익은 친구들이었다. 그들은 세인과 영준을 반갑게 맞아 주었고 그렇게 파티는 시작되었다.

파티라고 해서 특별한 것은 없었다. 그저 음식을 차려 놓고 술을 마시며 노래를 듣고 수다 떠는 것이 전부였다. 영화에서 나오는 근사한 서양식 파티라기보다는 고등학교 동창회 같은 느낌이었다. 세인은 이런 분위기가 더 익숙하고 좋았다. 오랜만에 마음 편하게 맛있는 음식을 배불리 먹은 후 평소보다 좀 더 많이 술을 마셨다.

그때 마이클이 어떤 사람을 세인과 영준에게 데려왔다. 집에 처음 들어섰을 때 못 보던 얼굴이 한두 명 있었는데 그중 한 명인 것 같았다.

"세인, 영준. 새로운 친구 한 명 소개해 줄게. 이쪽은 제이미야. 제이미 샌즈. 그리고 제이미, 이쪽은 장세인이고

저쪽은 김영준이야. 어려 보여도 얘들이 너보다 형일 거
야."

제이미는 환하게 웃으며 그들에게 악수를 청했다.

"잘 부탁드리겠습니다. 제이미 샌즈입니다."

마이클은 소개를 이어 갔다.

"아마 너희하고 같은 학교일 거야. 우연히 모임에서 만
났는데 이런 자리가 있다고 하니 자기도 참여하고 싶다 하
더라고. 이 친구도 한국계거든. 세인이하고 영준이는 한
국에서 온 교환학생인데 아주 착하고 성실한 친구들이야.
뭐, 한 달 후면 한국으로 돌아가긴 하지만 그래도 사람 인
연이라는 게 언제 어떻게 만날지 모르니 친하게 지내."

세인은 술에 약간 취해 제이미를 게슴츠레 쳐다봤다. 제
이미는 이국적으로 생긴 외모 때문인지 겉보기에 한국인
이 아닌 것 같았다. 한국말도 유창하긴 했지만 완벽하지
않아 더 그렇게 느껴졌다. 키도 크고 몸도 좋아 보이는 매
우 잘생긴 친구였다. 자신이 저런 외모였다면 카즈미의 남
자친구가 될 수 있었을 것 같은 괜한 자격지심이 들었다.
친화력이 좋은 영준은 제이미와 금세 친해졌다. 서로 잘
통하는 것 같았다. 세인은 축 처진 채 그들의 대화를 계속
듣기만 했다.

약간의 허세와 다른 사람들을 은근히 무시하는 말투의

제이미는 세인의 눈에 그리 좋은 사람 같지 않았다. 하지만 이마저도 자격지심 때문인가 싶어 별다른 내색 없이 자리를 지켰다. 그렇게 몇 시간이 지나자 다들 많이 취한 듯했다. 그때 영준이 제이미에게 물었다.

"여자친구 있어?"

제이미는 능글맞게 웃으며 말했다.

"있지. 만난 지 그렇게 오래되진 않았어. 형은 여자친구 있어?"

영준은 아쉬운 표정을 지으며 답했다.

"뭐, 여자친구는 아니고 여자친구가 될까 말까 한 사람은 있지."

제이미는 갑자기 바지에서 핸드폰을 꺼내 들었다.

"여자친구 사진 보여줄까?"

영준은 눈을 크게 뜨며 재빨리 제이미 옆으로 가서 앉았다. 제이미는 잠시 핸드폰을 만지작거리더니 뭔가를 찾은 듯 살짝 웃음을 짓고서 영준에게 핸드폰을 내밀었다. 영준은 호기심 가득한 눈으로 핸드폰을 응시했다.

그런데 영준의 얼굴이 갑자기 굳어졌다. 눈을 몇 번 깜빡거리면서 고개를 흔들더니 다시 제이미의 핸드폰을 쳐다봤다. 한참 핸드폰을 바라보던 영준은 여전히 굳은 표정으로 입을 열었다.

"여자친구 예쁘네."

"그렇지?"

제이미가 의기양양한 표정을 지으며 말했다.

영준이 화장실 좀 다녀오겠다며 자리를 비우자 어색한 침묵이 흘렀다. 세인은 여전히 무관심한 표정으로 술만 마실 뿐이었고, 제이미도 핸드폰만 바라보고 있었다. 그때 제이미가 말문을 열었다.

"세인이 형? 영준이 형과는 좀 가까워진 것 같은데 형하고는 아직 좀 안 그런 것 같네요."

제이미가 서툰 한국어로 말을 건넸다.

"제가 원래 낯을 좀 가려서요. 미안해요."

제이미는 낯을 가린다는 말을 잘 알아듣지 못했는지 고개를 갸웃했다.

"아, 저는 사람과 친해지려면 시간이 좀 필요해요."

그제야 제이미가 웃으며 답했다.

"그럼 형, 제가 우리 금방 친해질 수 있게 재밌는 거 보여 드릴까요?"

제이미는 다시 핸드폰을 만지작거리기 시작했다. 세인은 약간의 호기심이 생기기는 했다.

"짜잔!! 이거 보세요."

제이미의 핸드폰에서 동영상 하나가 재생되고 있었다.

멀찌감치 떨어져 있던 세인은 갑자기 몸을 앞으로 숙여 핸드폰으로 얼굴을 바짝 들이댔다. 동영상에는 속옷도 입지 않은 여성이 이런저런 야릇한 자세를 취하고 있었다.

"역시 형도 남자군요. 이런 동영상을 좋아하시는 걸 보니. 제 여자친구인데, 영준이 형한테 이것까지는 안 보여 줬는데 형은 친해지기 위해 특별히 보여 주는 겁니다."

제이미는 의기양양한 표정으로 세인을 바라봤다. 하지만 세인의 귀에는 어떠한 말도 들어오지 않았다.

핸드폰 속의 여자는 카즈미였다. 아니라고 생각하고 싶었지만 누가 봐도 카즈미였다. 믿기지 않았다. 곧 그의 마음속에서 엄청난 분노의 불길이 치솟았다. 카즈미의 남자친구가 자기 여자친구의 은밀한 모습을 다른 사람에게 보여 주며 자랑스러워하는 파렴치한이었다니. 세인은 당장에라도 일어나서 제이미의 얼굴을 후려치고 싶었다. 그런데 고개를 치켜든 순간 이미 주위에는 여러 사람이 모여들어 그 동영상을 보고 있었다. 마치 스포츠 경기를 관람하는 흥분한 관중들 같았다.

세인은 어찌할 바를 몰랐다. 어떻게 하는 게 옳은 것인지 판단할 수 없었다. 만약 자신이 남자친구였다면 당장 핸드폰을 부숴버리고 저놈을 힘닿는 데까지 두들겨 패버렸을 것이다. 하지만 그는 카즈미와 아무런 사이도 아니었을뿐더러 섣부른 감정으로 파티 분위기를 망칠 순 없었다.

동영상이 끝나자 제이미는 핸드폰을 다시 주머니에 넣었다. 사람들은 한 번 더 보자거나 다른 건 없냐는 말을 쏟아내며 아쉬움을 토해냈다.

"다른 것도 많은데 오늘은 일단 여기까지만 보여줄게요."

제이미의 눈동자에는 거만함과 사악함이 서려 있었다. 자신을 사랑하는 사람의 마음을 함부로 악용하는 녀석에게 세인은 깊은 분노가 치밀어 올랐다.

그때 영준이 자리에 돌아왔다. 그리고는 세인에게 시간도 늦고 많이 취했으니 집으로 돌아가자고 했다. 보통은 밤을 새우고 노는 영준이었지만, 일찍 가자고 하니 뭔가 이상했다. 두 사람은 마이클에게 인사를 하고 그 집을 나와 한참을 말없이 걷기만 했다. 그러다 영준이 힘겹게 말을 꺼냈다.

"형, 계속 숨길 수는 없을 거 같아요."

"뭐를?"

"……"

몇 초간 말없이 망설이던 영준이 입을 열었다.

"아까 제이미가 여자친구라고 보여 준 사진, 카즈미였어요."

"그래?"

"네, 몇 번을 눈을 크게 뜨고 봤는데 카즈미였어요. 남자친구 있다는 말이 사실이었네요. 그 남자친구는 제이미였고요."

"뭐, 남자친구 있는 거 이미 알고 있었는데 그게 누군지 밝혀진 게 무슨 대수라고."

"그래도 왠지 모르게 형한테 죄송하네요."

"네가 뭐가 죄송해. 괜찮아."

세인은 괜히 미안해하는 영준을 다독였다.

집으로 돌아와 그대로 침대에 누워 버렸다. 상황이 이러한데도 카즈미와의 추억이 계속 떠올랐다. 세인에게 카즈미는 여전히 천사였다. 악마에게 짓밟혀 꿈틀거리는….

호소

악마는 사람들이 두려워할 만한 모습으로만 나타나지 않는다.

때론 동정심이 들 만큼 안타까운 모습으로 우리 앞에 나타나기도 한다.

그렇게 악마는 어디에나 있다.

"그 이후로 학교에서 몇 번 카즈미를 마주친 적이 있었어요. 하지만 예전같이 대할 수는 없었습니다. 가볍게 인사하고 지나쳐 버렸지요. 카즈미를 경멸하거나 가벼운 여자로 생각해서 그런 것은 아니었습니다. 단지 어떻게 대해야 할지 혼란스러웠기 때문에 피했던 것 같습니다. 그 뒤 제이미와도 몇 번 마주쳤습니다. 죽도록 때리고 싶은 녀석이었지만, 우습게도 제이미에게 반갑게 인사하게 되더군요. 어차피 싸워도 상대도 안 됐겠지만… 제 자신이 너무

한심했습니다. 전 그냥 그런 수준의 사람이었던 거죠.

　아, 그리고 기억나는 게 어느 날 카즈미가 제 앞을 가로막았던 적이 있었어요. 카즈미는 울먹거리며 '자기에게 뭔가 화난 게 있냐', '왜 예전과 다르게 자신을 대하냐', '우리가 여전히 친구인 거 아니냐'고 물었지만 저는 그 질문에 답하지 못했습니다. 그러다 그녀의 어깨 아래쪽 팔에 멍이 든 것을 봤습니다. 제 시선을 눈치챘는지 카즈미는 황급히 반대쪽 손으로 팔을 감싸더군요. 카즈미는 결국 울음을 참지 못했습니다. 그리고 그냥 가 버렸습니다. 저는 그녀를 붙잡지도 않고 멍하니 바라만 봤습니다."

　그렇게 세인이 말을 마치자 카즈미 아버지는 뭔가 생각에 빠진 듯했다. 그리고 감정에 복받친 듯 약간 격앙된 목소리로 말을 하기 시작했다.

　"카즈미가 그런 일을 겪었단 말이지. 그랬군. 역시 남자한테 상처받은 거였어. 그런데 그게 네가 아니라 제이미 때문이었다는 거로군."

　"네, 전 카즈미와 단지 친구 사이였습니다."

　카즈미의 아버지는 다시 생각에 잠겼다. 몇 분이 지났을 무렵 갑자기 카즈미의 아버지가 흐느끼기 시작했다. 곧 흐느낌은 오열로 바뀌었다. 그의 눈동자는 눈물에 잠긴 채 흔들렸다.

"아… 아버님…."

세인은 카즈미 아버지의 갑작스러운 오열에 당황했지만 동시에 자신의 말을 믿어 주는 것 같아 약간의 안도감을 느꼈다. 한참을 오열한 카즈미의 아버지는 잠시 숨을 고른 뒤 떨리는 목소리로 다시 말을 시작했다.

"그런데 말이야…. 아직도 이해가 안 가는 부분이 있어. 도대체 왜 자네에게 고맙다는 말을 남겼냐는 말이지. 자네도 카즈미의 고통을 외면했어. 그 가여운 것이 진짜 친구라 믿었던 사람에게조차 버림받은 거지…. 그런데 왜 너에게 고맙다는 말을 남겼을까?"

세인은 아무 말도 하지 않았다. 하지만 뭐라도 얘기하지 않으면 또다시 손톱이 뽑히게 될지도 모른다는 생각에 두려움이 몰려왔다. 그때 카즈미의 아버지가 세인의 손을 잡았다.

"아직 말 안 한 것이 있나? 자네를 풀어 주지 못하는 건 미안해. 그런데 정말 더 말하지 못한 게 없는 건가? 나는 카즈미의 아버지야. 만약 지켜야 할 비밀이라면 나도 무덤 속에 갈 때까지, 아니 지옥에서라도 지킬게. 그러니 제발 모든 것을 말해 줘. 지금이라도 카즈미의 고통을 조금이나마 나눌 수 있게 도와줘, 제발."

카즈미 아버지의 호소에 세인의 마음이 흔들렸다. 그 깊은 슬픔이 그대로 전해지는 듯했다. 카즈미는 견디기 힘든 고통을 받다 비극적으로 세상을 등졌다. 딸에게 무슨 일이 있었는지도 모른 채 아버지가 괴로워하고 슬퍼하는 것을 카즈미도 원치 않을 것이다. 세인은 카즈미를 위해 평생 비밀로 간직하려 했던 그날의 진실을 말함으로써 그녀의 아버지를 위로해야겠다는 생각이 들었다.

"… 괜찮으시겠습니까?"

세인이 낮은 목소리로 말했다.

"괜찮네. 무슨 얘기라도 들을 각오가 되어 있네."

카즈미의 아버지는 간절한 눈으로 세인을 바라봤다.

"지금부터 드릴 말씀은 사실 죽을 때까지 가슴 속에 묻어 두려고 했던 이야기입니다. 비록 카즈미는 세상을 떠났지만, 아버님께서는 카즈미가 겪었던 일들을 아셔야 할 것 같다는 생각이 들어서요…. 아버님 외에는… 아무도 몰랐으면 합니다."

카즈미의 아버지는 연신 고개를 끄덕이며 그러겠다고 했다. 세인은 크게 한숨을 내쉰 후 그날의 일을 떠올리기 시작했다.

농락

한 번은 용기를 낼 수 있을 것이다.

그러나 이번에도 아닌 것 같다.

12월이 되었다. 학기가 막바지에 다다르고 있었기 때문에 기말고사 준비하랴 귀국 준비하랴 교환학생들은 다들 정신없이 바빴다. 다른 학생들과는 달리 학점 이수에 대한 필요성이 별로 없었던 세인은 크게 바쁠 것이 없었다. 짐도 많지 않아 귀국 준비도 별로 할 게 없었다.

아르바이트도 한 달 치 월급을 받고는 그만두었다. 사장님께는 죄송했지만 더 이상 일을 할 동기가 없었다. 더 이상 하와이에서 가 보고 싶은 곳도 없었다. 그러다 보니 남아도는 시간을 주체할 수 없을 정도였다. 밤에는 거의 매일같이 교포 친구들을 만나 늦게까지 술을 마시며 시간을 흘려보냈다.

세인은 술자리에서 제이미와 몇 번 더 마주치기도 했다. 처음 그와 마주칠 때는 울화가 치밀어 집으로 돌아가 버리고 싶었지만 그러지 않았다. 그렇게 해야 할 이유도 필요도 느끼지 못했다. 무기력과 권태가 세인을 점차 잠식해 갔다.

제이미는 며칠 전의 공언대로 다른 동영상들을 조금씩 공개했다. 모두 다른 여자들이었다. 세인은 그때마다 슬그머니 전화를 받는 척 자리를 피했다. 비겁한 짓이었다. 제이미의 그런 행동을 방관한 것에 죄책감이 밀려왔다.

그날도 학교 근처 바에서 다 같이 맥주를 마시고 있었다. 한두 시간쯤 지났을 때 제이미가 약간 취한 채로 세인에게 다가와 말을 걸었다.

"형, 우리 집에 안 갈래요?"

세인은 제이미를 멀뚱멀뚱 바라만 봤다.

"나만? 아니면 전부? 왜, 뭐, 무슨 일 있어?"

"형만이죠. 무슨 일은 없는데 형이랑 더 친해지고 싶어서요."

세인은 이상한 기분을 느꼈다. 살면서 누군가가 자신과 친해지고 싶다고 대놓고 말한 적은 없었을뿐더러 누구나 친해지고 싶어 할 정도의 외모를 가진 사람이 자신에게 친해지고 싶다고 하다니 순간 우쭐해지기도 했다. 물론 이 악마 같은 녀석에게 이제까지 없던 호감을 느꼈다거나 한 것은 아니었다. 단지, 카즈미에게 고통을 안겨 준 녀석이 어떤 놈인지 궁금했을 뿐이었다. 그 집에 가면 그놈에 대해 조금이라도 알 수 있을 것 같았다.

"그래, 가자."

세인의 승낙에 제이미는 지긋이 웃어 보였다.

"형, 그럼 10분 뒤에 학교 앞 정류장에서 봐요. 사람들이 형하고만 우리 집에 간다는 걸 알게 되면 서언? 서안?"

"서운."

"아, 서운할 수 있으니까요."

"그래, 이따 봐."

제이미는 그 길로 사람들에게 인사를 하고 바를 나섰다. 세인은 자신이 무슨 짓을 하고 있는 건지 혼란스러웠다. 자신이 사랑했던 여자를 노리개 취급하고 그걸 사람들에게 자랑스럽게 내보이는 짐승 같은 녀석이 궁금해 집까지 가게 되다니…. 스스로도 납득하기 어려웠다. 잠시 후 세인도 자리에서 일어나 사람들에게 인사를 하고 버스정류장으로 향했다.

"형, 여기요."

버스정류장 앞에서 두리번거리고 있는 세인을 향해 제이미가 정류장 뒤편에서 조용히 불렀다.

버스정류장 앞에서 만났지만 버스를 타는 것은 아니었다. 제이미는 조금만 걸으면 된다며 세인을 안내했다. 제이미가 가는 방향은 세인에게도 익숙한 방향이었다. 처음 하와이에 와서 지냈던 숙소로 가는 방향이었기 때문이다. 한 15분쯤 걸어가자 주택가가 나왔고 어느 2층짜리 단독주택 앞에서 제이미는 멈춰 섰다.

"여기에요. 어서 들어오시죠. 부모님은 다 나가서 없어요."

제이미의 집은 예전 세인의 숙소와 가까웠기 때문에 카즈미의 숙소와도 가까운 거리였다. 길 쪽으로 물러서 몸을 조금만 뒤로 젖히면 카즈미의 숙소가 보였다.

"형, 뭐 하세요? 얼른 들어오세요."

"어, 그래. 미안."

미안이라니. 저런 녀석에게 미안이라니. 습관처럼 나온 말이었지만 세인의 기분은 좋지 않았다.

밖에서 봤을 때는 상당히 큰 집이라는 생각이 들었지만, 집 안은 그렇게 넓지 않아 보였다. 여러 잡동사니가 많이 놓여 있어서 그런 듯했다.

"형, 여기 잠깐 앉아 계세요. 제가 맥주 가져올게요."

세인은 카우치에 앉아 집 안을 천천히 둘러봤다. 전형적인 중산층 가정의 모습이었다. 제이미가 맥주 여러 캔을 들고 돌아왔다. 그리고 맥주 한 캔을 세인에게 건네며 말했다.

"조금 있으면 한국으로 돌아가죠?"

"어. 크리스마스이브에 출발해. 이제 한 열흘 남았다."

"아쉬우신가요?"

"아쉽지. 이제 좀 하와이에 정이 들고 익숙해졌는데."

"저도 아쉽네요. 형을 조금 일찍 알았다면 더 친해질 수 있었을 텐데 말이죠."

세인은 혹시나 제이미가 자신이 카즈미를 좋아했던 걸 알고 미안해서 저러는 게 아닌가 싶었다.

"여자친구 있다고 하지 않았어? 왜 여자친구랑 안 놀고 매일 우리랑 놀아?"

"하하. 형. 여자는 조금 지겨워지기 시작했거든요."

"지겨워?"

"사람은 말이죠, 얻기 어려운 걸 얻어야 재미를 느끼잖아요. 근데 언젠가부터 여자는 얻는 게 별로 어렵지 않아서 재미가 없어졌어요."

세인은 울화가 치밀었다. 당장에라도 맥주 캔을 얼굴에 집어 던져 버리고 싶었다. 하지만 세인은 그와 육체적으로 다툴 수 있는 사람이 아니었다.

"그럼 지금 여자친구랑은 계속 만날 거야?"

제이미는 세인을 향해 몸을 기울이며 말했다.

"아, 얘는 좀 더 만나려고요. 얘는 아직 좀 재미가 있어요."

"어떤 점에서?"

"얘가 일본 애거든요. 저 옆에 기숙사에 살아요. 그래서 그 뭐지, 저녁 이후에는 못 나와요. 하지만 말이죠…."

제이미가 말을 멈추고 세인을 빤히 바라봤다. 그리고 다시 말을 이어갔다.

"제가 만들었어요. 크크. 밤에 몰래 나와서 저에게 오도록 말이죠. 그게 아직 좀 짜릿하거든요. 그리고 재밌게 놀죠. 그때 형한테 보여 드린 것처럼. 그래서 얘는 좀 더 만나려고요."

세인은 한숨이 나왔다. 불쌍한 카즈미. 카즈미를 원망했던 자신이 바보같이 느껴졌다.

"좀 미안하고 그런 건 없어?"

"미안요? 왜 미안해요. 자기들이 좋다고 그러는 건데. 그리고 재밌잖아요. 형도 그때 보니까 동영상 보면서 엄청 좋아하시는 것 같던데. 남자들이 다 그렇죠, 뭐."

세인은 순간 얼굴이 화끈거렸다. 어느새 자신은 이놈과 같은 부류가 되어 있었다.

"형, 제가 왜 형과 친해지고 싶어하는지 궁금하지 않으세요?"

자신을 꿰뚫어본 것 같은 제이미의 질문에 세인은 흠칫 놀랐다.

"형은 저랑 비슷한 부분이 있는 것 같아서 그래요. 형을 처음 봤을 때, 사는 것에 대한 어떤 지루함? 맞나요? 관태? 아! 권태? 이런 게 느껴졌어요. 그래서 형이랑은 재밌게 놀 수 있을 것 같았어요."

세인은 역시 아무 말도 하지 않았다.

"맞죠?"

제이미는 동의를 구하고 싶다는 듯 생글생글 웃으며 세인을 바라봤다.

"그런 건 아니고. 그날 기분이 좀 안 좋은 일이 있어서 그래 보였던 거 같아. 난 내 인생이 충분히 즐거워. 그렇게 지루하지도 않고."

제이미는 실망한 듯 보였지만 이내 무심한 표정을 지으며 맥주를 몇 모금 삼켰다.

"뭐, 그렇다면 할 수 없죠. 형이랑 재미 좀 볼까 했더니.

아쉽네요."

"재미? 무슨 재미?"

제이미는 다시 의미심장한 표정을 지으며 세인을 바라
봤다.

"궁금하세요?"

"그렇게 말하면 누구나 궁금하지."

세인은 퉁명스럽게 답했다.

"일단 한 단어로만 말해 줄게요."

"한 단어?"

제이미는 세인을 빤히 쳐다보며 뜸을 들였다.

"죽음. Death."

"죽음이 재밌다고?"

"크크크. 그거죠!! 형, 이런 얘기 들어 보셨어요? 고통
과 그 뭐죠? 즐거움? 아… 아! 쾌락. 고통과 쾌락은 같은
자극이라는 거요."

"아니, 못 들어 봤는데…. 뭐 그렇다고 치고."

"그러면 가장 큰 고통은 뭘까요?"

세인은 제이미에게 철저히 말려 들어가고 있었다. 세인
의 호기심을 자극하며 이 대화에서 도저히 벗어날 수 없도
록 만들고 있었다.

"죽음?"

"예스! 예스! 그렇죠."

"그래서 도대체 그게 재미와 무슨 상관이라는 거야?"

"형, 한국에서 좋은 학교 다니셨다고 들었는데 실망스러운데요?"

제이미는 능수능란하게 대화를 이끌어 나갔다.

"가장 큰 쾌락이 죽음이라 이건가?"

"예스! 예스! 그렇죠. 역시 똑똑하시군요."

세인은 어이가 없었다.

"그래서 죽자는 거야?"

제이미는 크게 웃음을 터뜨리고는 한참을 웃다가 다시 말했다.

"죽으면 안 되죠. 절대로 안 되죠. 그 대신 죽음에 가까이 가는 거죠."

그 말과 동시에 제이미는 손으로 자신의 목을 조르기 시작했다. 세인은 더 이상 보고 듣고 있을 수가 없었다.

"미안하지만 나랑은 잘 안 맞는 재미인 거 같다. 나는 이만 가 봐야겠어. 너무 늦은 것 같아."

세인이 자리에서 일어서려는 순간 제이미는 목에서 손을 풀고 한두 번 기침을 한 후 세인을 붙잡았다.

"이거 재미있다니까요. 한번 같이 해 봐요."

세인은 손을 뿌리치며 말했다.

"제이미 너 좀 취한 거 같다. 난 이제 그만 가 볼게."

그때 제이미가 카우치에 털썩 주저앉으며 중얼거렸다.

"에이, 카즈미는 너무 무서워해서 재미가 별로인데."

세인은 가던 길을 멈추고 뒤돌아 말했다.

"뭐라고?"

"아, 아니에요. 여자친구는 이 재미 보는 거를 너무 무서워해서 남자 파트너를 구해 보려고 했거든요."

세인은 제이미의 말에 완전히 무너져 버렸다. 그가 카즈미를 미친 짓에 이용하고 있었고, 심지어 그 미친 짓에 자신도 끌어들이려 했다는 것에 치가 떨렸다. 제이미를 죽여버리고 싶다는 충동을 겨우 억누르며 말했다.

"가 볼게."

제이미는 쳐다보지도 않고 비웃음이 섞인 기괴한 웃음을 지었다. 그 녀석은 알고 있었다. 세인이 어디 가서 자신이 한 말을 소문낼만한 배짱도 없는 놈이라는 걸. 그리고 마치 들으라는 듯이 혼잣말을 했다.

"치킨, 치킨, 치킨……."

세인은 미국에서 치킨이 겁쟁이를 의미한다는 사실을 잘 알고 있었다. 하지만 못 들은 척 제이미의 집을 서둘러 나섰다.

집으로 향하는 길, 세인은 카즈미의 숙소 앞에 섰다. 가슴이 너무 먹먹했다. 카즈미는 어쩌다 저런 악마를 만났을까. 당장에라도 달려 들어가서 그녀에게 말해 주고 싶었다. 이놈은 악마라고 제발 도망치라고. 하지만 카즈미가 자신의 말을 들을 리 없다는 생각이 들었다. 제이미와 카즈미는 연인 사이였고, 세인은 단지 카즈미의 친구일 뿐이었다.

　세인은 더 이상 생각하고 싶지 않았다. 그녀가 남자친구가 있다고 말한 그 시점부터는 기억에서 지워 버려야겠다고 생각했다. 그 기억만 빼면 하와이에서 너무나 행복했으니까.

마지막 밤

그녀는 강했다.

나보다 훨씬.

어느새 귀국 날이 코앞으로 다가왔다. 세인은 최근에 있
었던 몇몇 일들 때문인지 생각보다 크게 아쉽지 않았다.
오히려 귀국이 기다려지기도 했다. 좋았던 기억들만 되새
기며 특별한 일정이나 사람들과의 만남 없이 귀국 준비에
몰두했다.

그러다 문득 싱클레어 도서관이 생각났다. 세인에게 그
곳은 집만큼 오랜 시간을 보낸 곳이었고 카즈미와의 여러
추억이 깃든 곳이었다. 적어도 하루는 그곳에서 책을 보며

시간을 보내야겠다고 결심했다.

귀국 이틀 전, 세인은 단 한 권의 책만 가지고 아침부터 싱클레어 도서관을 찾았다. 여러 가지 이상한 일을 겪다 보니 도서관에서 평온하게 책을 읽는 것이 그렇게 좋을 수가 없었다. 하지만 한두 시간이 지나자 더 이상 책에 집중하기 어려워졌다. 카즈미와의 추억이 떠올랐다. 특히 카즈미가 갑자기 찾아와 노스쇼어에 가자고 말했던 기억이 선명하게 떠올랐다. 하지만 다 지난 일이라는 생각에 고개를 흔들며 일어나 잠시 바람을 쐬러 밖으로 나갔다.

벤치에 앉아 커피를 마시며 이제 다시 보기 힘들 학교의 풍경을 바라봤다. 최근 안타까운 일들에 가려져 잠시 잊고 있었던 하와이의 아름다움과 따뜻함이 가슴을 더 먹먹하게 만들었다. 그때 누군가 세인을 불렀다.

"헤이, 인!"

마이클이 웃으며 세인을 바라보고 있었다.

"안녕하세요. 여긴 어쩐 일이세요?"

"그냥 지나가다 네가 보여서 왔지."

"형, 그동안 감사했어요. 형 덕분에 하와이에서 즐거운 시간을 보낼 수 있었어요."

"아, 맞다. 너 이제 귀국하지?"

"네, 내일모레에요. 크리스마스이브 날이죠."

마이클은 진심으로 아쉬운 표정을 지었다.

"우리 인이와 준이를 그냥 보낼 수 없지. 내일 마지막으로 뭉치자."

"형, 안 그러셔도 돼요. 준비할 것도 많고…."

얼마 보지도 않은 자신을 위해 송별회까지 열어 준다는 마이클의 마음은 고마웠지만, 그놈을 또 보는 것은 피하고 싶어서 세인은 일단 귀국 준비를 핑계로 거절하였다.

"안 돼, 안 돼. 귀국 날에 내가 공항까지 데려다줄 테니까 부담 갖지 말고 내일 송별 파티 하자. 내가 영준이하고 애들한테 말해 놓을게. 안 그러면 형 삐친다."

그동안 신세를 졌던 마이클의 제안을 더 이상 거절할 수는 없었다.

"감사합니다, 형. 이렇게까지 챙겨 주시지 않아도 되는데…."

"아니야, 아니야. 음…. 내일 저녁에 그 바에서 다 모이는 거로 하자. 안 나오면 너 다시는 나 못 볼 줄 알아."

마이클은 세인의 대답을 듣지도 않고 그대로 가 버렸다. 세인은 도서관으로 돌아와 자리에 앉았다. '송별회'라는 단어가 귀국을 더욱 실감 나게 하면서 가슴을 아리게 했다. 하와이에서의 생활이 이제 정말 끝나는 구나 싶어 숨을 크게 내쉬며 몸을 뒤로 젖히는 순간, 세인은 그대로 뒤로 나자빠질 뻔했다.

카즈미가 우뚝 선 채로 세인을 바라보고 있었다. 그녀의
눈빛은 약간은 슬퍼 보이기도 했고 화가 나 보이기도 했
다. 세인도 한동안 그녀를 바라봤다. 카즈미가 잠시 나가
자고 손짓했고 서둘러 그녀를 따라 나갔다.

도서관 밖으로 나오자마자 카즈미는 따지듯 물었다.

"왜 나를 피하는 거야? 남자친구가 있다고 해서 그런 거
야?"

세인은 아무 말도 하지 않았다.

"그래도 우리 계속 친구 하기로 한 거 아니었어?"

세인은 이번에도 묵묵부답이었다. 저번에도 그랬지만
무슨 말을 해야 할지 몰랐다. 세인은 한참을 생각하다 어
렵게 입을 열었다.

"미안해."

그 말을 하자마자 카즈미는 울음을 터뜨렸다. 왜 우는지
알 수 없었지만, 그녀가 우는 모습을 보자 세인도 울컥했
고 알 수 없는 죄책감에 휩싸였다. 카즈미를 달래기 위한
말이 딱히 떠오르지 않았다. 다행히 그녀는 곧 울음을 멈
췄고, 다시 대화를 이어갔다.

"예정대로 크리스마스이브에 떠나는 거지?"

세인은 말없이 고개를 끄덕였다. 카즈미의 눈빛은 어느

새 진한 아쉬움을 가득 품고 있었다. 고마웠다. 비록 친구로서 갖는 마음이었겠지만 자신과의 헤어짐을 이렇게 아쉬워해 준다는 것이 너무 고마웠다.

문득 카즈미와 이대로 헤어질 수 없다는 생각이 들었다. 내일 송별회에서라도 그녀와 제대로 작별인사를 나누고 싶었다.

"내일 밤에 나랑 영준이 송별회 있는데…. 올래?"

하지만 이 질문을 마치자마자 세인은 후회했다. 제이미가 올 수도 있는 파티였기 때문이다. 마지막 날에 카즈미가 제이미와 함께 있는 모습을 직접 보고 싶지 않았다.

다행히도 카즈미는 매우 난처한 눈빛을 보이며 대답을 하지 못하고 안절부절못했다. 아마도 기숙사 통금 시간 때문인 것 같았다. 세인은 다행이라고 생각하면서도 서운했다. 자신이 떠난다는 것에 방금까지 그렇게 아쉬워하더니…. 제이미를 만나기 위해서는 밤에도 나가면서 자신의 마지막 초대에는 선뜻 응하지 않는다는 생각에 솔직히 화도 났다. 하지만 세인은 자신이 남자친구가 아니라는 사실을 떠올리고 이내 화를 가라앉혔다. 그리고 카즈미는 세인의 제안에 끝끝내 대답하지 않았다.

"괜한 소리를 했네. 신경 쓰지 마. 괜찮아."

세인은 억지로 웃음을 지으며 말했다.

"잘 있어."

세인은 간단한 인사말만을 남기고 카즈미의 인사도 듣지 않은 채 도서관으로 다시 돌아왔다. 뒤를 돌아보고 싶었지만 그러지 않았다. 자리에 앉은 세인은 아쉬움, 서운함 등이 뒤섞인 감정과 하루 종일 씨름하며 원래 목표대로 싱클레어에서 하루를 보냈다.

23일 오후, 세인은 드디어 모든 정리를 마쳤다. 이곳에 와서 특별히 산 것도 없는데 이상하게 짐 가방은 훨씬 무거워져 있었다. 휑해진 방 안을 다시 둘러봤다. 갑자기 마이클이 너무나도 고맙게 느껴졌다. 마이클이 아니었다면 하와이에서의 마지막 기억은 이 쓸쓸하게 비어 있는 방이었을 테니까.

그때 초인종이 울렸다.

"형, 저예요!"

오늘 송별회에 같이 가기로 한 영준이 도착했다. 영준은 에리카가 오기로 해서인지 근사하게 차려입고 있었다.

"너무 차려입은 거 아니야? 나랑 비교되는데?"

"그래도 마지막 날인데 멋진 모습으로 기억되어야죠. 형이 너무 대충 입으신 거 아니에요?"

"나는 카즈미가 안 오니까."

농담처럼 한 말인데 영준은 말실수했다고 생각했는지 크게 당황한 모습이었다.

"농담이야. 왜 그리 당황하고 그래?"

"죄송해요. 제가 제 생각만 한 것 같아서…."

세인과 영준은 송별회가 열리는 바로 향했다. 송별회에 가는 길이었지만, 세인과 영준의 대화는 화기애애했다. 그들의 주된 대화 주제는 하와이 도착 후 초창기에 있었던 일들이었다. 영준은 세인을 의식했는지 카즈미를 만난 이후의 이야기는 하지 않았다. 그러는 사이, 어느새 바에 도착했다. 이미 많은 사람들이 맥주를 마시고 있었다. 세인은 빠르게 바 전체를 한 번 훑어 보며 제이미가 있는지 없는지 확인했다. 다행히 그놈은 없었다.

"자, 여러분, 오늘의 주인공들이 오셨습니다."

마이클이 세인과 영준을 보자마자 자리에서 일어나 외쳤다. 사람들은 저마다 인사를 하며 세인과 영준을 반겼다. 살면서 이런 대접을 받아본 적이 없었던 세인은 고마워서 눈물이 날 뻔했다.

"세인, 한국에 돌아가면 뭐 할 거야?"

마이클이 세인의 어깨에 손을 올리며 물었다.

"일단 마지막 학기를 마쳐야 하고요. 학기를 마치면 취업을 해야겠죠. 요즘 금융위기 때문에 취업이 녹록지 않을 거 같아요."

"그렇지. 미국도 금융위기 직격탄을 맞아서 경기도 안 좋고 취업도 쉽지 않아."

"형은 특별한 계획 있으세요?"

"음, 나는 사업을 구상 중이야. 어차피 회사에 다니는 건 나랑 맞지도 않고."

"형은 사업하시면 크게 성공하실 거 같아요. 나중에 성공하면 저 잊지 말고 자리 하나 마련해 주세요."

"너같이 성실한 사람이라면 언제든 환영이지."

이런저런 얘기를 나누며 즐거운 시간을 보내고 있었지만 마지막 밤이라는 생각이 들자 세인은 점차 아쉬움이 밀려왔다.

카즈미가 보고 싶었다. 특별히 하고 싶은 말은 없었다. 단지 마지막으로 얼굴을 마주하고 잘 살라는 인사를 하고 싶었다. 왠지 그녀가 지난번 도서관에서처럼 세인을 찾아올 것만 같아 자신도 모르게 주변을 두리번거리며 시계를 쳐다봤다.

"무슨 약속 있어? 가 봐야 하는 거야?"

세인의 그런 모습을 눈치챈 마이클이 물었다.

"아니요. 마지막 밤이 가는 게 아쉬워서 그런 거죠."

"그럼 더 마셔야지. 자, 내일 내가 공항까지 데려다줄 테니까 걱정하지 말고 마셔."

쓸데없는 기대란 것을 알고 있었기에 세인은 평소와 달리 마이클이 주는 술을 그대로 다 받아 마셨다.

영준은 바에 도착한 이래 사람들과 인사만 나눴을 뿐, 이후 내내 구석 테이블에서 에리카와 시간을 보냈다. 줄곧 심각한 표정이었으나 중간중간 웃기도 했다. 그러다 결국 에리카가 울음을 터뜨렸다. 영준은 당황하며 에리카의 어깨를 감싸 안고 자리에서 일으켜 함께 밖으로 나갔다. 무슨 이유 때문인지 다들 짐작하고 있었기에 특별히 동요하거나 붙잡으려고 하는 사람은 없었다. 다들 애달프게 그 커플을 바라봤지만, 세인은 저렇게라도 작별인사를 나눌 수 있는 영준을 부러운 시선으로 바라봤다.

한 시간 정도 후 영준이 돌아왔다. 역시나 그의 표정은 어두웠다.

"무슨 일 있었어?"

"특별히 무슨 일이 있었던 거는 아니고요. 제가 떠나는 것도 그렇고, 다른 일이 있긴 한 거 같은데… 왜인지는 말을 안 하네요. 그냥 밖에 나가서 달래 주고 기숙사에 데려다 줬어요."

"잘했네. 아쉬워서 어떻게 하냐?"

"내일 공항 갈 때 같이 가기로 했어요. 내일이 더 걱정이 네요."

한없이 슬픈 표정을 하고 있는 영준을 보며 세인은 카즈미를 떠올렸다. 도서관에서 카즈미를 두고 돌아섰던 그때가 떠올라 가슴이 먹먹해졌다.

12시가 가까워지자 바의 직원이 마이클에게 다가와 문 닫을 시간이 되었다고 말했다. 마지막으로 인사를 나누고 다 같이 바를 나섰다.

술을 너무 많이 마셔서인지, 무언가 아쉬움이 남아서인지 세인은 집으로 가는 길이 평소보다 멀게 느껴졌다. 갑자기 카즈미에게 전화를 걸어야겠다는 생각이 들었다. 사실 그때까지 카즈미에게 자신의 마음을 제대로 고백한 적이 없었다. 그나마 남자친구가 되고 싶다고 했던 말도 곧바로 농담이라며 슬쩍 넘어가 버린 게 다였다. 세인은 가던 길을 멈추고 전화를 꺼내 들었다. 평소 같으면 수백 번 고민했겠지만, 술에 취해 있어서인지 세인은 거리낌 없이 카즈미에게 전화를 걸었다. 하지만 전화를 받지 않았다. 시계를 보니 12시가 넘은 시간이었다. 자고 있을 거라 생각했다. 카즈미에게는 미안했지만 통화를 하고 싶은 마음이 간절해 다시 전화를 걸었다. 역시나 받지 않았다. 어떻게 해야 그녀와 통화할 수 있을지 고민했다. 그러다 세인은 영준에게 전화를 걸었다.

"형, 무슨 일이세요?"

영준은 무슨 일이 있는 줄 알고 깜짝 놀라며 전화를 받았다.

"아니, 별건 아니고. 어떻게 말을 해야 할지 모르겠네. 마지막으로 부탁 하나만 해도 될까?"

"그럼요, 말씀하세요."

"내가 말이야. 정말 마지막으로 카즈미랑 통화를 하고 싶은데 전화를 안 받네. 자는 거 같긴 한데, 미안하지만 깨워서라도 통화를 하고 싶어. 혹시 괜찮으면 에리카한테 말해서 카즈미 보고 전화 좀 받아 달라고 해 줄 수 있을까?"

"아, 그렇군요. 에리카는 아마 안 자고 있을 거 같긴 한데…. 제가 한번 연락해 볼게요. 평소라면 좀 그렇지만 오늘은 마지막 날이니, 이해해 줄 거예요."

"그래, 고마워. 부탁 좀 할게."

세인은 전화를 끊은 후 근처 벤치에 앉았다. 그리고 영준에게 다시 전화가 오거나 카즈미에게 전화가 오기를 기다렸다. 한 20분쯤 흘렀을까 영준에게 전화가 왔다.

"형, 제가 에리카한테 형이 말씀하신 대로 부탁했는데 카즈미가 방에 없다고 하네요. 처음에는 화장실 간 줄 알

고 기다렸는데 그것도 아니었대요. 에리카도 지금 굉장히
당황하고 있어요."

"그렇구나. 알아봐 줘서 고마워. 아쉽지만 어쩔 수 없네.
잘 자고 내일 보자."

세인은 정신이 번쩍 들었다. 카즈미가 어디에 있는지 알
것 같았다. 제이미가 했던 말이 떠올랐다. 카즈미가 지금
제이미와 함께 있는 거라면…. 제이미의 집에서 카즈미가
무엇을 하고 있는지 알고 있는 이상 그놈의 집에 찾아가는
것은 미친 짓이었다. 세인은 모든 걸 포기하고 자리에서
일어나 다시 집으로 향했다.

하지만 운명의 장난일까, 아니면 무의식적인 행동이었
을까. 술에 취한 세인은 집으로 가는 수많은 길 중 하필 제
이미 집 근처를 지나는 길로 걸어가고 있었다. 뒤늦게 사
실을 깨닫고는 다른 길로 돌아갈까 했지만 그러지 않았다.
혹시라도 카즈미를 만날 수 있지 않을까 싶어서였다.

어느새 세인은 제이미의 집 앞에 이르렀다. 집 안의 불
은 꺼져 있었고 고요했다. 저 안에 카즈미가 있을 수도 있
다는 생각에 발길이 떨어지지 않았다. 한동안 쓸쓸하게 그
집을 바라보았다. 그리고 나지막이 소리 내어 말했다.

"고마워. 정말 좋아했어."

그때 제이미 집 거실 옆방에 불이 켜지는 것이 보였다. 제이미가 볼까 봐 몸을 돌리려던 순간, 커튼에 커다란 검은 그림자가 무언가를 연거푸 내려치는 모습이 비쳤다. 세인은 당장에라도 뛰어 들어가 무슨 일인지 확인하고 싶었지만 모든 것이 불분명한 상황에서 선뜻 움직일 수가 없었다. 그 순간 카즈미 팔에 있던 멍 자국이 생각났다. 저 내리치는 그림자 아래에 카즈미가 있을 수도 있다고 생각하니 외면할 수 없었다. 최대한 가까이 가서 무슨 일인지 확인해 봐야겠다는 생각이 들었다.

세인은 조심스럽게 제이미의 집 앞으로 다가갔다. 그리고 창문 아래 화단으로 들어가 머리와 등을 벽에 바짝 붙인 후 쪼그리고 앉았다. 혹시나 눈이 마주칠까 싶어 차마 일어서서 창문 틈을 바라볼 용기가 나진 않았다. 그래서 일단 창문 틈 사이로 들려오는 소리에 귀를 기울였다.

잠시 후 제이미로 추정되는 남자의 낮은 목소리가 들렸다. 무슨 말을 하는지 정확히 알 수 없었지만 'stop'이라는 단어가 들렸다. 그리고 여자의 흐느끼는 소리가 들려왔다. 거의 울부짖음에 가까웠다. 하지만 그 여자가 카즈미라고 확신할 수 없었다.

그때 창문을 여는 소리가 들렸다. 세인은 벽에 최대한 몸을 밀착했다. 창문틀이 있어 어느 정도 시야가 가려졌지만 혹시나 자신의 발끝이라도 보이지 않을까 싶어 긴장을 늦출 수 없었다. 평생 별 도움이 되지 않았던 자신의 작은 체구가 그 순간만큼은 너무나 감사하게 느껴졌다. 창문을 연 사람은 숨을 크게 들이마시고 내뱉었다. 뒤이어 창문 안쪽에서 여자 목소리가 들려왔다.

"I want to go home."

카즈미였다. 남자가 황급히 창문을 닫는 바람에 끝까지 듣지는 못했지만, 분명 카즈미의 목소리였다. 세인은 어찌 해야 할지 판단이 서질 않았다. 섣부른 행동이 제이미를 자극할 수도 있었다. 무엇보다 세인은 내일이면 하와이를 떠나는데 책임지지도 못할 행동을 할 수는 없었다. 하지만 카즈미의 고통을 외면하긴 싫었다. 머리가 터질 것 같았다.

그때 집 안에서 악 하는 비명이 들렸다. 세인의 가슴이 쿵쾅거리기 시작했다. 곧바로 또 한 번의 비명이 울렸다. 세인은 더 이상 지체할 수 없었다. 뒷일은 나중에 생각하기로 하고 그대로 엎드려 집 정문까지 빠르게 기어갔다. 하지만 문이 잠겨 있었다. 이런 주택에는 보통 집 뒤편에 부엌으로 연결되는 뒷문이 있었기에 바로 달려가 보았지만 이 또한 굳게 잠겨 있었다.

"이런 젠장!"

세인은 자신도 모르게 욕이 튀어나왔다. 정신을 차려야했다. 심호흡을 한 번 하고 뒤로 물러나 집 전체를 바라봤다. 2층 창문이 열려 있었다. 배관을 타고 뒷문 쪽에 있는 지붕 위로만 올라가면 충분히 들어갈 수 있어 보였다. 신발과 양말을 벗어 가방에 넣었다. 그리고 맨발로 배관을 타기 시작했다. 어느 정도 높이에 이르자 오른발을 뒷문 위 지붕에 디딜 수 있었다. 팔을 뻗어 2층 창문틀을 잡았다. 그리고 조심스럽게 뒷문 지붕 위로 올라섰다. 막상 올라서니 생각보다 창문이 높아 순간 아찔해졌다.

하지만 지금은 망설일 틈이 없었다. 잠시 숨을 고른 세인은 창문 틀을 잡고 있는 힘을 다해 뛰어올라 다리 한쪽을 겨우 걸쳤다. 그리고는 그대로 몸 전체를 들어 올려 집 안으로 들어갔다.

2층 방에는 아무것도 없었다. 막상 어두운 방에 들어오니 겁이 났다. 집 안으로 들어오긴 했지만 자신보다 체격이 훨씬 좋은 제이미를 상대로 무엇을 할 수 있을까 싶어 회의가 밀려왔다. 하지만 카즈미에게 무슨 일이 생길지도 모르는데 이렇게 물러설 수는 없었다. 세인은 조심스럽게 방문을 열었다.

복도 끝에 1층으로 내려가는 계단이 보였다. 낮은 자세로 기어서 계단 앞으로 갔다. 그리고 최대한 소리가 나지

않게 한 발 한 발 내디뎌 계단을 내려갔다. 계단 중간쯤 이
르렀을 때, 카즈미의 우는 소리가 들려왔다. 그대로 달려
가고 싶었지만 무언가 무기가 될 만한 것을 챙겨야 했다.

계단을 다 내려오자 바로 앞에 부엌이 보였다. 카즈미는
계단 아래쪽 방에 있는 것 같았다. 다시 조심스럽게 한 발
한 발 내디디며 부엌으로 향했다. 부엌에 다다르자 세인은
약간의 자신감이 생겼다. 무기가 될 만한 것만 손에 넣으
면 어떻게든 될 것 같았다. 일단 서랍을 열면 소리가 날 수
있기 때문에 밖에 놓인 물건들을 빠르게 훑어봤다. 하지만
아쉽게도 무기가 될 만한 것은 없었다. 문득 칼은 일반적
으로 개수대 하부 장에 많이 둔다는 것이 생각났다. 혹시
나 소리가 날까 조심스럽게 문을 열었다. 심장이 너무 두
근거리고 손이 떨려 힘을 조절하기 힘들었다. 문을 반쯤
열었을 때 거치대에 꽂혀 있는 칼 여러 개가 보였다. 세인
은 더 이상 문을 열지 않고 반쯤 열린 문틈으로 오른손을
들이밀었다.

손잡이가 제일 두꺼운 칼을 잡는 순간,

"뭐해요?"

세인은 비명을 지르며 그대로 주저앉아 버렸다. 황급히
일어나 뒤를 돌아봤다. 제이미가 실실 웃으며 벌거벗은 채
로 세인을 바라보고 있었다.

"아, 이 형 이름이 뭐였더라. 아! 치킨 형이다. 겁쟁이 치킨 형. 형 도둑이었어요?"

그리고는 양손으로 날갯짓하며 닭을 흉내 내었고, 그대로 빙글빙글 돌기도 하였다. 제이미는 눈이 풀린 채로 세인을 조롱했다. 세인은 얼이 빠진 채 제이미의 미친 짓을 겁에 질려 바라보고 있었다. 그러다 아까 놀라 떨어뜨린 칼이 세인의 시야에 들어왔다. 팔을 뻗어 칼을 집어 들고 제이미 쪽으로 치켜들었다. 칼을 손에 넣으니 없던 용기가 생겨났다.

"카즈미 그만 괴롭혀!"

제이미는 약이나 술에 취해 있는 듯했다. 눈을 껌벅이며 몸을 제대로 가누지 못한 채 비틀거렸다.

"괴롭히긴 누가 괴롭혀? 됐어, 안 그래도 지겨웠어. 네가 가져가서 놀아."

제이미는 닭 흉내를 내며 거실 쪽으로 비틀비틀 걸어갔다. 세인은 그 틈을 타서 카즈미가 있는 방으로 달려갔다. 방 안은 혼돈 그 자체였다. 바닥에는 온갖 이상한 기구들이 나뒹굴고 있었고 침대 위에는 옷과 속옷들이 어지러이 놓여 있었다. 카즈미는 겁에 질린 채 이불로 몸을 가리고 쪼그려 앉아 흐느끼고 있었다. 그녀의 머리 위에는 플루메리아가 위아래로 흔들리며 애처롭게 매달려 있었다.

"카즈미!"

세인의 부름에 카즈미가 화들짝 놀라면서 고개를 들었다.

"세인…."

세인은 카즈미에게 나가자는 손짓을 했고 카즈미는 고개를 끄덕였다. 카즈미에게 옷 입을 시간을 주려고 뒤로 돌아 문밖을 바라봤다.

제이미는 계속해서 광기 어린 눈빛으로 양손을 퍼덕이며 닭 흉내를 내고 있었다. 그러다 바닥에 누워 이리저리 뒹굴며 기괴한 소리를 내기도 했다. 이따금 어디를 보고 있는지 모르겠는 그의 시선과 마주칠 때마다 세인은 등골이 서늘했고 급작스레 돌변해 달려들 것만 같아 두려웠다.

잠시 후 세인은 누군가 자신의 손을 잡는 것이 느껴졌다. 공포와 불안으로 흠뻑 젖어 있었지만 그 무엇보다 따뜻하고 부드러운 손이었다. 제이미의 섬뜩한 행동으로 두려움에 가득 차 있던 세인에게 카즈미의 손은 용기를 불어넣어 주었다.

이제 남은 건 그녀의 손을 잡고 이 집을 빠져나가는 것뿐이었다. 미친 짓에 여념이 없는 제이미를 피해 빠르게 달려가 잠긴 문을 열고 빠져나가면 될 것 같았다. 세인은 카즈미의 손을 꽉 잡은 채 걱정하지 말라는 의미의 웃음을 지어 보였다.

그런데 순간 그녀의 표정이 다시 공포에 휩싸였다. 뭔가 문제가 생겼음을 직감한 세인은 다시 거실 쪽으로 시선을 돌렸다. 거실을 메우던 기괴한 소리가 사라지고 광기로 가득 찬 제이미가 둘을 노려보고 있었다. 불과 1~2초 사이, 제이미는 날아오르 듯 세인의 눈앞까지 달려들었다. 피하거나 칼을 휘두를 틈도 없이 제이미의 무릎이 세인의 복부를 강타했다. 세인은 그대로 날아가 방 안 구석에 처박혔고, 들고 있던 칼은 방 반대쪽으로 날아갔다. 카즈미 역시 충격을 받았지만, 다행히 침대 위로 넘어졌다. 세인은 숨을 쉴 수가 없었다. 너무 아파 신음조차 내지 못했다. 제이미는 의기양양하게 세인의 앞으로 다가왔다.

"가져가란 말을 믿었냐? 감히 내 물건에 손을 대? 이 도둑 새끼가…."

도대체 저 미친놈의 생각을 알 수가 없었다. 제이미는 다시 양손을 퍼덕거리며 닭 흉내를 내기 시작했다. 카즈미는 겁에 질린 채 침대 위에서 손으로 얼굴을 가리고 몸을 웅크리고 있었다.

복부의 고통이 조금씩 사그라질 때쯤 제이미가 세인의 앞으로 다가왔다.

"카즈미가 갖고 싶어?"

말하기 힘들었지만 세인은 있는 힘을 다해 입을 열었다.

"너 같은 놈에게서 벗어나게 해 주고 싶을 뿐이야."

제이미는 미친 듯이 웃으며 대답했다.

"그렇게 돌려 얘기할 필요 없어. 갖게 해 줄게. 지금부터 10초 주겠어. 10초 안에 쟤를 데리고 여길 나가면 오케이!"

순간 이놈이 또 무슨 짓을 꾸미는 게 아닌가 싶어 머릿속이 복잡해졌다. 바보같이 또 당할 수는 없었다.

"One!"

제이미가 숫자를 세기 시작했다.

"Two!"

세인은 이미 말려들었다. 함정이든 뭐든 더 이상 고민할 시간이 없었다. 그대로 자리에서 일어나 침대에 있던 카즈미를 안아 들었다. 카즈미는 그의 목을 꼭 끌어안았다. 그리고 있는 힘껏 현관문을 향해 뛰기 시작했다.

"Six!"

현관문 앞에 도착하자마자 세인은 잠긴 문을 열기 위해 카즈미를 내려놓았다. 하지만 이것이 제이미의 또 다른 장난이었음을 깨닫는 데는 그리 오래 걸리지 않았다. 문은 자물쇠로 잠겨 있었다.

"Ten!"

제이미는 마지막 숫자를 외치며 방에서 걸어 나와 방 입구에 섰다. 제이미의 손에는 아까 세인이 들고 있던 칼이 들려 있었다. 카즈미는 공포에 질려 세인의 팔을 부여잡고 뒤로 숨었다.

"Time over. 아직 못 나갔네. 그러면 혼이 나야 할 것 같은데?"

제이미는 한 걸음씩 다가왔고 세인과 카즈미는 한 걸음씩 물러섰다. 그리고 세인은 외쳤다.

"칼 버려. 가까이 오지 마. 경찰을 부를 거야."

제이미는 걸음을 멈추고 다시 미친 사람처럼 웃었다.

"경찰? 헤이 치킨! 여긴 내 집이야. 그리고 이 칼에서 누구 지문이 나올까? 자기 집에서 여자친구와 있는 사람과 몰래 기어들어 온 사람. 누가 나쁜 놈이라고 생각할까?"

"카즈미가 진실을 얘기해 줄 거야."

제이미는 고개를 갸웃거리며 잠시 생각하는 표정을 지었다.

"그러면 둘 다 죽여 버려야겠군. 너는 쟤를 죽인 거고 나는 침입자인 너를 죽인 거고."

세인은 더 이상 할 말이 없었다. 이제는 어떻게든 도망치는 방법밖에 없었다.

"나는 피를 무서워하거든. 그러니까 잠깐만 기다려. 준비 좀 하고 올게."

제이미는 방으로 다시 들어가 버렸다.

마지막 기회였다. 다급함과 절망감에 잊고 있었던 2층
창문이 떠올랐다. 아까 들어온 것처럼 나가면 될 거라고
생각했다. 세인은 카즈미가 뒤처질까 봐 그녀를 안아 들고
계단을 향해 달려갔다. 이 소리를 들었는지 제이미가 바로
방에서 뛰쳐나와 둘을 쫓기 시작했다. 제이미는 영어로 욕
을 쏟아 냈다. 카즈미를 안고 미친 듯이 계단을 뛰어올라
복도를 가로 질렀다. 뒤돌아볼 겨를도 없었다. 다행히 2층
문은 살짝 열려 있었다. 세인은 몸으로 문을 밀어젖힌 후
방 안으로 들어가 카즈미를 던지듯 내려놓고 문을 닫았다.
손잡이에 잠금장치를 찾아봤지만 없었다. 몇 초 지나지 않
아 문을 강하게 미는 힘이 전해졌다. 세인은 온몸으로 문
을 막아섰다. 카즈미도 등을 문에 대고 필사적으로 힘을
보탰다. 심장이 터질 듯이 뛰어서인지 두려움 때문인지 몸
전체가 거칠게 떨리고 있었다.

잠시 후 더 이상 문을 미는 힘이 전해지지 않았다. 하지
만 문 너머로 거친 숨소리가 계속 들려오는 것으로 보아
제이미가 문 앞에 있는 것은 분명했다. 고작 몇 미터 앞에
여기 들어올 때 사용했던 창문이 열려 있었지만 계속 문을

막고 있어야 했기에 갈 수가 없었다.

"헤이 치킨! 나 맛있는 거 먹을 건데 같이 안 먹을래?"

제이미의 엉뚱한 제안에 세인은 잠시 어리둥절했지만 대꾸하지 않았다.

"그럼 혼자 먹는다."

그 말을 마친 후, 제이미는 몇 번 숨을 깊게 들이쉬더니 이내 심한 기침을 했다. 약을 하는 것이 아닌가 싶었다. 만약 그렇다면 경찰을 부르더라도 둘에게 유리한 상황으로 보일 것이다. 하지만 세인은 확실하지 않은 상황에서 도박을 할 순 없었다. 최선의 방법은 저 창문을 통해 이 집을 빠져나가는 것이었다. 문제는 창문으로 가는 순간 제이미가 문을 밀치고 들어올 수 있다는 점이었다. 어찌어찌 창문 밖으로 나간다 해도 제이미는 세인과 카즈미보다 더 빠른 속도로 1층으로 내려가 공격할 수도 있었다. 답답한 마음에 세인은 옆에 있던 카즈미를 바라봤다. 카즈미는 등으로 문을 막는 데 안간힘을 쓰고 있었다.

갑자기 문밖에서 걸음 소리가 들려왔다. 걸음 소리는 점차 작아졌고 곧이어 계단을 내려가는 소리로 바뀌었다. 제이미는 무슨 이유 때문인지 다시 1층으로 내려가고 있었다. 하지만 세인은 쉽게 움직일 수 없었다. 이번에도 함정일 거라는 생각을 지울 수 없었기 때문이었다. 혹시나 자신이 들어온 저 창문을 통해 제이미가 들어오는 것 아닌가라는 걱정이 되기도 했다.

하지만 저 창문으로 들어오기 위해선 지붕에 발을 디딘 채 창문틀을 잡고 뛰어 올라야 한다. 자신을 공격할 수 있는 누군가가 2층에 있다면 간단한 공격에도 쉽게 당할 수 있다. 영악한 제이미가 그걸 모를 리가 없었다.

갑자기 카즈미가 문 쪽을 계속 돌아보며 안절부절못하기 시작했다. 조용히 카즈미에게 왜 그러냐고 물었다. 카즈미는 무언가를 말하려다 그냥 고개를 저었다. 집 안에는 어둠만큼 무거운 정적이 내려앉았다.

쿵!

1층에서 묵직한 소리가 들려왔다. 세인은 반사적으로 몸에 힘을 주어 문을 막았다. 제이미가 무언가를 꾸미고 있다는 생각이 들었다. 그런데 카즈미가 이상했다. 아까보다 더 불안한 기색이 역력했다. 그리고 무언가 결심한 듯 자리에서 일어서며 세인에게 손을 내밀었다.

"이제 갈 수 있어!"

세인은 갑작스러운 카즈미의 행동에 당황한 채 그녀를 올려다봤다.

"어서!"

카즈미가 그렇게 단호하게 말한 것은 처음이었다. 카즈미의 당당한 모습에 더 이상 망설일 수 없었다. 둘은 손을 잡고 창문으로 향했다. 세인이 먼저 창문 난간 위에 올라 앉은 후 지붕 위로 뛰어내렸고 카즈미가 뒤따랐다. 이제 지붕 위에서 바닥으로 뛰어내린 후, 도망가기만 하면 됐다.

세인이 먼저 뛰어내렸다. 그리고 걱정스러운 마음에 지붕 위의 카즈미를 쳐다봤다. 조금 전의 당당한 모습과 달리 겁에 질린 표정으로 쉽사리 뛰어내리지 못하고 있었다. 세인은 두 팔을 벌렸다. 그제야 카즈미는 조금 안심이 되었는지 다시 뛰어내리기 위해 자세를 잡았다. 이후에도 몇 번을 망설이다 무사히 뛰어내렸다.

두 사람은 잠시 서로를 바라봤다. 세인은 카즈미의 눈동자에 비친 자신의 얼굴을 보았다. 무언의 교감을 나눈 후 손을 잡고 집 앞쪽으로 달려갔다. 뒤돌아볼 틈도 없었다. 그런데 얼마 가지 않아 갑자기 카즈미가 멈춰 섰다. 그리고는 커튼으로 가려진 1층 창문을 뚫어지게 쳐다보다 세인의 손을 놓고 그쪽으로 향했다. 세인은 빨리 가자고 카즈미의 손을 다시 잡았지만, 카즈미는 개의치 않고 계속해서 창문으로 다가갔다. 한시가 급한 상황에 세인은 카즈미의 행동을 이해할 수 없었고 제이미가 쫓아올지 몰라 두려웠다.

갑자기 카즈미가 눈물을 흘렸다. 겁에 질린 표정은 아니었다. 눈물이 카즈미의 얼굴을 타고 흘러내렸다. 세인의 눈동자도 카즈미의 시선이 머무는 곳을 향했다.

악의 시작과 끝

악마의 행동은 그 자체로 악일 뿐

그 무엇으로도 악이 아니게 할 수는 없다.

언제부턴가 모든 것이 시시하다. 아버지란 사람은 먼 곳에 있다는 핑계로 거의 오지 않았다. 엄마는 돈을 버는 건지 노는 건지 집에 늦게 오거나 들어오지 않을 때가 많았다. 외로울 때도 있었지만 어릴 적 잠시뿐이었다. 잘생기고 뭐든지 잘했던 나는 주변에 항상 사람이 가득했고, 원하는 모든 것을 어렵지 않게 손에 넣었다.

외로움 따위는 느낄 새가 없었다. 먹고 싶은 것은 나랑 친해지고 싶은 사람들을 이용해서 먹을 수 있었고, 화가 나면 멍청하고 나약한 놈을 때리면 그만이었다. 나이가 들며 생긴 성욕은 나를 좋아하는 수많은 여자들과 해결했다.

어느 순간부터 모든 것이 시시해졌다. 사는 것이 재미가 없었다. 모든 것을 마음대로 할 수 있는 신은 어떻게 사는가 싶었다. 아, 그래서 신이 계속해서 이 세상에 혼란스러운 상황을 만드는 건가?

그러던 어느 날 해 보지 못한 것이 떠올랐다. 바로 죽음이었다. 죽음을 떠올리니 갑자기 온몸의 세포가 뜨거워지면서 살아나는 것 같았다. 바로 실행에 옮겼다. 줄을 매달았다. 그리고 의자 위에 섰다. 동그란 죽음으로 머리를 집어넣었다. 조심스럽게 의자 밖으로 발을 내디뎠다. 기대와 달리 고통스러웠다. 격하게 몸부림쳤다. 그때 엄마가 들어와 나를 들어 올렸다. 나에게 별 관심이 없던 엄마는 처음으로 욕을 하며 화를 냈다.

죽음에 가까이 다가가는 것은 고통스러웠지만 나를 뜨겁게 만들었다. 그러기 위해서는 죽음에 도달하는 절정에서 나를 끌어내려 줄 도구가 필요했다. 괜찮은 여자를 찾아냈다. 중간에 치킨 한 마리가 들어와 방해했지만 상관없다. 계속 방해하면 죽이면 그만이다. 생각해 보니 다른 사람을 죽여 본 적이 없다. 그것도 한번 해 봐야겠다.

어? 더 이상 가면 안 되는데, 이제 잡아 줘야 하는데….
이 멍청한 것이 어디 갔지? 아직은 아닌데….
더 많이 즐겨야 하는데… 아….

마지막 밤의 끝에서

이것이 끝이라는 생각이 어렴풋이 들었지만,

그래도 끝이 아니길 빌었다. 분명히.

바람에 나부끼는 커튼 사이로 흔들리는 발이 보였다. 제이미는 줄에 매달려 축 늘어져 있었다. 그런 장면을 보면 소리를 지르며 그대로 나자빠질 줄 알았는데, 실제로는 온몸이 굳어 버려 한 발자국도 움직일 수가 없었다. 숨이 끊어진 지 얼마 되지 않았는지 제이미의 늘어진 몸은 그가 몸부림친 모양마냥 전후좌우로 흔들리고 있었다. 제이미는 왜 갑자기 자살한 걸까? 자살한 것이 맞는 걸까? 도대체 이게 무슨 일이지? 세인은 도무지 이해할 수 없었다.

문득 세인은 제이미가 지난번 제안했던 것이 떠올랐다. 그제야 제이미가 자살한 것이 아니라 쾌락을 즐기던 중 사고가 난 것이 아닌가 하는 생각이 들었다. 제이미의 얼굴에는 알 수 없는 옅은 미소가 묻어 있었다.

그때 카즈미가 세인의 손을 놓았다. 그리고 머리에서 플루메리아 모양의 꽃핀을 떼어 세인의 손에 쥐여 준 후, 와락 껴안았다. 세인은 깜짝 놀라 자신의 가슴에 얼굴을 파묻고 있는 카즈미를 바라보다 같이 끌어안았다.

"잘 가. 행복했어⋯. 너와 함께여서⋯."

이 말을 한 직후 그녀는 한걸음 물러서며 세인을 향해 다그쳤다.

"이제 어서 빨리 돌아가."

카즈미의 눈빛에서 단호함이 느껴졌다.

"대체 무슨 소리야. 우리 빨리 달아나야 돼."

세인이 다급히 말했다.

"경찰을 부를 거야. 난 피해자라서 괜찮을 테지만 넌 아니야. 네가 있으면, 우리 둘 다 위험해질 수 있어. 걱정하지 말고 어서 돌아가 줘."

상황을 냉정히 파악한 일리 있는 말이었다. 하지만 세인은 쉽게 발걸음이 떨어지지 않았다.

"어서 가, 진짜 괜찮아."

카즈미는 환하게 웃어 보였다. 하나우마 베이, 노스쇼어에서 보았던 하와이의 풍경을 닮은, 따뜻한 웃음이었다. 카즈미의 마음까지 담긴 마지막 작별인사인 듯했다. 세인은 여기까지였다. 그리고 세인은 진심으로 카즈미에게 전하고 싶던 마지막 인사를 했다.

"응… 잘 있어. 조심해.
나도…… 너와 함께여서 행복했어…."

인적이 드문 외진 곳이었지만 혹시나 의심을 살까 세인은 되도록 느린 걸음으로 집으로 향했다. 카즈미는 세인이 시야에서 사라질 때까지 계속 바라보았다.

아침이 밝았고 아무 일도 일어나지 않았다. 경찰이 찾아오지도, 카즈미에게 연락이 오지도 않았다. 세인은 모든 것이 잘 마무리되었을 것이라고 생각했다. 아니, 그렇게 믿고 싶었다. 그렇게 세인은 카즈미, 그리고 하와이를 떠났다.

거짓말, 진실 그리고 분노

더 이상 모르겠다.

무엇이 진실이고 무엇이 거짓인지.

세인은 모든 것을 말했다. 더 이상 숨길 것도 없었다. 카즈미와의 일을 떠올리니 그때 느꼈던 모든 감정들이 되살아나 세인의 마음을 무겁게 짓눌렀다. 그래도 카즈미 아버지가 품고 있었을 진실에 대한 갈증을 푸는 데 도움이 됐을 것이라 생각했다.

"아버님, 카즈미는 그날 밤 일로 인해 저에게 고맙다는 말을 남겼던 것 같습니다. 죄 없는 카즈미가 제이미의 죽음으로 인해 괜한 구설에 휘말릴까 봐 저는 이 일을 비밀로 지켜 왔습니다."

카즈미의 아버지는 아무 말 없이 고개를 숙이고 있었다. 그때 바닥으로 물 한 방울이 떨어졌다. 그는 울고 있었다.

오랜 침묵을 끝내고 카즈미의 아버지가 입을 열었다.

"그런 거였어…."

카즈미의 아버지가 떨구고 있던 고개를 들었다. 그런데 그는 킥킥거리며 웃고 있었다. 언젠가 본 것 같이 익숙한, 광기 어린 기괴한 웃음이었다.

"이제 됐어. 그런 거였군…. 역시 너희들 때문이었어."

그의 단 한마디에 세인은 무언가 잘못되었다는 느낌에 그대로 얼어붙었다. 잠시나마 느꼈던 안도감은 어느새 극도의 두려움으로 바뀌어 있었다.

"불쌍한 제이미는… 너희 둘 때문에 아주 비참하고 우스운 꼴로 죽게 된 거였어!"

"지금 무슨 말씀을 하시는 거에요? 도… 도대체 당신 누구죠?"

"더 이상 그 못된 년의 아버지라고 부르지 마라!"

그는 세인을 매섭게 노려보며 소리쳤다. 한동안 세인을 죽일 듯이 노려보던 그가 소름 끼치는 미소를 지으며 답했다.

"굳이 말을 해야 하나? 어차피 죽을 텐데. 그래도 네놈이 사죄해야 하니 말해 주지. 제이미는 내 아들이다."

세인은 할 말을 잃었다. 아까 익숙한 듯 느껴진 그 기괴한 웃음의 기억이 그제야 떠올랐다. 모든 것을 털어놓은 자신을 탓할 생각도 하지 못할 만큼 혼란스러웠다.

"몇몇 거짓말이 귀에 거슬리긴 했지만, 드디어 네 입으로 어느 정도 진실을 듣게 되었어. 이제 너와 그년을 죽이면 모든 것이 끝나는 거야. 더 하고 싶은 얘기가 있나?"

죽인다는 말에 마음이 다급해진 세인이었지만 그런 세인을 더욱 뒤흔들었던 것은 카즈미를 죽인다는 말이었다.

"카즈미는 죽었다면서요?"

그는 세인을 비웃었다.

"이 상황에서도 남 걱정을 하다니 어이가 없군. 어차피 곧 저 세상에서 만날 테니 말해 주지. 그년은 사라진 게 맞아. 어디로 갔는지 아무도 모르지만 내가 곧 찾아내고 말거야."

카즈미가 아직 죽은 것이 아니라는 말에 세인은 두 주먹을 불끈 쥐었다. 모든 것이 혼란스러웠지만 어떻게든 상황을 반전시켜야 했다.

"제이미를 죽인 건 우리가 아니에요! 제이미는 사고로 죽은 거라고요. 우리는 단지 도망쳤던 것뿐입니다. 그 상황이었다면 누구라도 그렇게 도망쳤을 거라고요. 제이미를 봤을 땐 이미 죽은 뒤였습니다."

그는 세인이 어이없다는 듯 짧은 탄식을 내뱉었다.

"카즈미가 2층에서 갑자기 너한테 당당하게 도망가자고 아니, 갈 수 있다고 했지?"

"네?"

"왜 그랬을까?"

"그거야 제이미가 1층으로 내려갔으니까…."

"그럼 왜 집에서 도망 나오다 갑자기 멈추고 창문 안을 들여다봤을까?"

"그… 그건…."

"걔는 다 알고 있었던 거야. 제이미가 뭐 하러 갔는지를…. 그리고 어떻게 될지 말이지. 알고 있었는데도 그런 식으로 갔다는 건 죽인 거나 다름없어!!"

"그건 중요하지 않습니다. 제이미가 칼을 들고 우리를 죽이려 했기 때문에 카즈미는 그 사실을 알고 있었다 해도 어쩔 수 없었을 겁니다. 그리고 제이미는 그걸 즐겼어요. 카즈미도 그렇게 사고가 날 줄 몰랐을 겁니다."

"닥쳐! 사고 날 줄 몰랐다고? 그렇다면 왜 도망가지 않고 창문을 봤을까? 늘 즐기면서 하던 거로 생각했다면 빨리 도망갔어야지! 그년은 제이미가 어떻게 될지 알고 있었어! 알겠냐? 이 멍청한 놈아! 제이미는 그저 너희의 치정극에 휘말린 거야. 그년은 네놈의 꼬임에 넘어가 버린 거지. 우리 불쌍한 제이미는 상처받고 그런 선택을 한 거고, 너희는 알면서도 손을 잡고 도망쳐 버린 거라고! 너희가 죽인 거야, 죽인 거라고!!"

세인은 의문이 들었다.

'정말 카즈미는 제이미가 자살할 걸 알고 있었을까? 정말 그러면서 내 손을 잡고 뛴 걸까?'

하지만 세인에게 그 사실은 그리 중요치 않았다. 제이미는 분명 세인과 카즈미를 죽이려 했고 카즈미에게 선택의 여지는 없었다. 죽을 수도 있는 상황에서 다른 이를 생각하는 것은 불가능했다.

"그건 제가 말씀드린 것과 다르…"

세인이 말을 마치기도 전에 그 남자는 세인의 복부를 주먹으로 강하게 가격했다.

"닥치라고 했지. 죽기 전에 배려 차원에서 유언이나 남기라고 했더니 변명이나 떠들어 대고…. 네놈은 억울하다고 생각하겠지? 아무것도 몰랐다고 그냥 도망쳤을 뿐이라고 말이지. 하지만 네놈이 이 치정극의 시작이야. 네놈이 그년에게 꼬리를 치는 바람에 우리 불쌍한 제이미는 변태 성욕자에 파렴치한 여성 폭행범으로 생을 마감하게 된 거라고. 네놈도 똑같이 나쁜 놈이야!"

세인은 복부의 통증에 신음하면서 더 이상 그를 설득하거나 논리적으로 반박하는 것이 무의미하다는 생각을 했다. 그는 이미 세인이 말한 진실은 무시한 채 결론을 내버린 상태였다. 그의 머릿속에는 제이미의 폭력, 죽음에 대한 쾌락, 카즈미의 고통, 그날의 위기들은 모두 지워지거나 거짓말로 치부되었다. 그에게 제이미는 여자에게 배신당한 불쌍한 피해자였고, 세인과 카즈미는 제이미를 죽게 내버려 둔 치정극의 주인공들일 뿐이었다.

세인은 다른 방법을 찾아야 했다. 하지만 온몸이 묶여 있고 말이 통하지 않는 이 상황에서 도무지 다른 방법이 떠오르지 않았다. 세인은 이대로 죽임을 당할 것 같았다. 극한의 공포에 휩싸여 온몸이 떨렸다.

"죽는 것이 두려운가? 그래, 제이미도 그랬을 거야. 하지만 너희는 그걸 무시해 버렸지. 그리고 아무렇지도 않게 지금까지 살아왔어. 더욱더 느껴라. 제이미가 느꼈던 만큼. 곧 제이미를 만나게 될 테니 그때라도 용서를 빌어."

또 다른 여정

앞이 보이지 않는다.

깜깜한 밤하늘과 쏟아지는 빗물

그리고 와이퍼의 격렬한 움직임이 한데 모여 눈앞에 쏟아진다.

그 아이의 마지막이 이러했을 거라는 생각이 든다.

당시 경찰청은 수사 역량을 높이기 위해 젊은 경찰들을 대상으로 해외 연수 프로그램을 확대하고 있었다. 꽤 촉망받던 젊은 경찰인 나도 평소 성실한 모습을 눈여겨 봐준 상관의 도움으로 하와이 주립대학교 로스쿨에서 몇 개월간 공부할 수 있는 기회를 얻게 되었다.

들뜬 마음으로 도착하고 보니 이름은 거창한 연수 프로그램이었지만, 실제로는 선진국 학교에서 개도국 경찰에게 수업 몇 개 참여할 수 있게 해 준 것에 불과했다. 하루에 두어 시간 수업을 듣는 것이 전부였다. 어차피 쉬고 싶은 생각에 간 어학연수였지만, 주체할 수 없을 정도로 많아진 시간을 어떻게 보내야 할지 막막했다. 부족한 영어 실력과 눈에 띄는 나이 차이로 인해 친구를 만들기도 어려웠다. 내가 할 수 있는 일이라고는 집에서 들리지도 않는 영어 방송을 틀어 놓고 있거나, 식당에서 커피와 핫케이크를 시켜 놓고 시간을 보내는 것뿐이었다.

그러한 일상에 익숙해지고 있을 때쯤 누군가 내게 말을 걸어왔다.

"Where are you from? Japan? China?"

나는 커피를 휘젓다 말고 고개를 들었다. 늘 나에게 커피와 핫케이크를 가져다주던 웨이트리스였다. 당황스러움 반, 반가움 반의 심정으로 오랜만에 입을 뗐다.

"Korea…. South Korea."

"Oh, I'm sorry."

그녀는 멋쩍은 웃음을 지었다. 나도 살짝 웃음을 지어 보였다. 누군가의 관심에 마음이 조금 따뜻해졌다고 느낀 것 외에는 어떤 설렘이나 그런 감정이 있진 않았다.

그날 이후 그녀는 조금씩 더 긴 문장으로 나에게 말을 걸어왔다. 어설픈 영어 실력이었지만, 나는 최선을 다해 그녀와의 대화에 임했다. 누군가와 대화를 한다는 것 자체가 좋았고, 소중했다. 이 시간을 놓치지 않기 위해 최선을 다했다. 어느 날부터인가 그녀는 나에게 호감을 느낀 것 같았다. 나도 오랜 외톨이 생활에 지쳤는지 어느새 그녀에게 의지하고 있었다.

그녀와의 추억이 많이 기억나지는 않는다. 미안하지만 몇 개월 후에 돌아가야 하는 내 처지를 생각하여 적어도 심적으로는 그녀와 어느 정도 거리를 두려고 노력했던 기억은 난다. 그녀도 알고 있었다. 하지만 크게 개의치 않는 모습이었다. 그리고 내가 돌아가기 며칠 전 그녀는 평소와 다르게 머뭇거리며, 나에게 무언가를 내밀었다. 영어로 된 문서가 눈에 잘 읽히지는 않았지만, 한 단어는 분명하게 눈에 들어왔다.

Pregnant

나는 한동안 아무 말도 하지 못했다. 아이가 생겼다는 기쁨의 감정도 분명 있었다. 하지만 그보다는 당황스러움과 난처한 감정이 앞섰다. 그걸 느꼈는지 그녀는 내 손을 잡고 아이는 자신이 잘 키울 테니 돌아가서 나의 인생을 살라고 말했다.

나는 그 말을 거절하지 않았다. 한국으로 같이 가자고

말하지도 않았다. 한국에서 외국인 여자의 삶이 녹록지 않을 거라 스스로 합리화했지만, 사실 함께 살 만큼 그녀를 사랑하지 않았다.

　한국으로 떠나는 날 아침, 마중 나온 그녀에게 내가 할 수 있는 최선의 제안을 했다. 양육비를 보내 줄 것이고 최대한 자주 방문하겠다는 내용이었다. 그녀는 고개를 끄덕였다. 부부의 연을 맺을 수는 없어도, 한 아이의 부모로서 연은 끊지 말자는 무언의 약속이었다.

　몇 개월 후 그녀에게 편지가 왔다. 편지 안에는 갓난아이의 사진도 들어 있었다. 남자아이였고 이름은 자신의 할아버지 이름을 따서 제이미로 지었다고 했다. 웃고 있는 작은 아이의 사진 하나로 알 수 없는 감정에 뭉클해졌다. 한두 달에 한 번씩 그녀는 제이미의 사진과 편지를 보내왔다. 사진 속 그녀와 제이미는 항상 밝은 표정이었다. 함께 할 수 없는 미안한 마음 때문인지 최소한 1년에 한 번씩 하와이에 방문했다.

　처음 제이미와 마주한 날을 잊을 수 없다. 그녀가 나를 아빠라고 소개해 줬음에도 제이미는 엄마 뒤에 숨어 내게 오려고 하지 않았다. 무릎을 꿇고 두 팔을 벌렸다. 머뭇거리던 제이미가 갑자기 엄마 뒤에서 뛰쳐나와 나에게 안겼다. 살면서 느껴본 적 없는 감정이었다.

몇 년간의 행복한 시간이 흘러갔다. 제이미는 아빠와 얘기하기 위해 한국어도 배웠다. 어설펐지만 매년 방문할 때마다 실력이 부쩍 늘어 있었고, 그것을 보는 것 또한 큰 재미였다.

그런데 어느 해인가부터 제이미의 태도가 달라졌다. 단순히 사춘기 소년의 쌀쌀맞은 반항이 아니었다. 섬뜩할 정도로 냉소적이고 차가운 모습이었다. 기어코 중학교 무렵에는 내가 방문해도 아는 척하지 않았다. 하지만 그런 모습도 자라는 과정이라 생각하며, 기다리면 예전의 제이미로 돌아올 거라고 생각했다.

제이미가 고등학교에 입학할 때쯤이었다. 설레는 마음으로 찾아간 나에게 제이미는 보란 듯이 물건을 집어 던지고 알 수 없는 욕을 하며 집을 나가서는 내가 출국할 때까지 돌아오지 않았다. 그날이 나와 제이미가 숨을 맞댄 마지막이었다. 공항에서 의기소침해 있는 나에게 제이미의 엄마는 사춘기가 심한 것 같다며, 대학교에 들어가기 전까지는 방문하지 않는 것이 좋겠다고 했다. 대신 사진과 편지는 잘 보내 주겠다고 약속했다. 나는 고개를 끄덕였다.

미국에서 돌아온 나는 곧 관리자가 되어 눈코 뜰 새 없이 바쁜 나날을 보내느라 한 달에 한 번 오는 편지에 만족하며 몇 년의 세월을 보냈다. 어느 날 대학에 들어갔다는 편지도 받았다. 장학금을 받으니 학비까지 보내 줄 필요는 없다는 얘기도 적혀 있었다. 잘 자라 준 제이미가 매우 고마웠다. 하지만 제이미의 엄마는 아직 제이미가 마음의 준비가 덜 된 것 같아 방문은 이른 것 같다며, 때가 되면 얘기해 주겠다고 했다.

하지만 어느 날부터인가 편지조차 오지 않았다. 2008년 말쯤이었던 것으로 기억한다. 전화도 받지 않았다. 무슨 일이 생긴 게 아닌가 싶었다. 하지만 이 불안한 생각은 그 당시 몇몇 큰 사건들로 인해 잠시 내 머릿속 우선순위에서 밀려나게 되었다. 사회적 파장이 큰 사건들이었던지라 사건들이 마무리되고 정신을 차려 보니 2010년 여름이었다. 더 이상 미룰 수 없어 휴가를 냈다.

드디어 몇 년 만에 그 집 문 앞에 섰다. 못 올 곳을 온 것도 아닌데 이상하게 한동안 노크를 하지 못하고 그 앞에 그대로 서 있었다. 그때 문이 열렸다. 굳게 마음을 먹고 도대체 무슨 일이었냐고 다그치려던 찰나, 제이미의 엄마라기에는 너무 작고 왜소한 노인이 있었다. 그 노인은 문 앞에 서 있는 나를 보고 화들짝 놀라 문을 닫으려고 했다. 나는 무작정 손을 문 사이에 집어넣고 허겁지겁 자초지종을 설명했다. 공포에 질려 있던 그녀는 잠시 숨을 고른 후 자신은 2009년 초 즈음 이곳에 이사 왔으며, 그전에는 누가 살았었는지 모른다고 말했다. 나는 망연자실했다. 도대체 왜 나에게 연락도 없이 이사를 가 버린 것일까. 이해할 수가 없었다.

찌는 듯한 더위 속에서 무작정 제이미와 제이미 엄마를 찾아 나섰다. 어느 정도 한국말이 가능했던 제이미가 한국 사람들과 교류했을 수도 있을 것 같아 한인교회를 찾아갔지만 목사는 누군지 모른다고 했다.

무작정 제이미가 입학했다는 하와이 주립대로 향했다. 학교 정문에 서서 동양인 학생들이 지나갈 때마다 제이미를 아냐고 묻기 시작했다. 하지만 대부분 일본이나 중국 학생들이었고, 가끔 대답하는 한국 학생들은 교환학생이라서 잘 모른다고 대답했다.

그렇게 며칠이 지났다. 여전히 학교 앞에서 제이미에 대해 아는 사람을 찾고 있었다. 그때 한 학생이 지나갔다. 혹시나 하는 마음에 다가가 제이미에 대해 묻자 그 학생은 움찔했다. 이 학생은 뭔가 알고 있을 것만 같았다. 그 학생을 설득해 근처에 있는 카페에 갔다.

"아까도 여쭤봤지만, 혹시 제이미를 아시나요?"

"무슨 일 때문에 그러시죠? 그 일은 이미 충분히 다 조사되고 끝난 거 아닌가요?"

"그 일이라뇨? 그 일이 뭐죠? 사실 저는 제이미의 아버지입니다. 제이미와 연락이 닿지 않아 이렇게 찾아오게 되었어요."

당황스러운 표정으로 멀뚱히 나를 바라보던 학생은 무겁게 입을 열었다.

"아… 제이미 아버지셨군요. 그러면 뭐라 말씀드려야 할지…. 한… 2년 전쯤? 제이미는… 죽었어요. 모르고 계셨어요?"

나는 대꾸조차 하지 못했다. 혹시나 다른 사람과 헷갈린 게 아닌가 싶어 제이미에 대해 다시 설명해 주었다.

"맞아요. 제이미가 한국계였다고 들었어요. 그 제이미 맞아요."

"왜? 왜 죽었나요? 사고였나요? 병에 걸린 건가요?"

나의 급박한 질문에 그 학생은 큰 한숨을 쉬고는 무언가를 말하려다 말았다. 그리고 다시 어렵게 입을 열었다.

"이게 참 아버지한테 말씀드리기 어려운데…. 음…. 스스로 목을 맸다고 하더라고요."

"뭐라고요!!?"

나의 외침에 카페 안 모든 사람이 우리 쪽을 쳐다보았다. 하지만 나는 그런 시선 따윈 안중에도 없었다.

"왜 그런 건가요? 어떤 힘든 일이 있던 건가요? 정확히 언제쯤인가요?"

그 학생은 나의 이러한 반응을 어느 정도 예상했다는 듯이 고개를 숙이고 가만히 있었다.

"저도 더 이상은 말씀드리기 어려울 것 같아요. 죄송하지만 저는 수업이 있어 지금 가 봐야 할 것 같습니다. 죄송합니다."

그렇게 그 학생은 어쩔 줄 모르고 서 있는 나를 지나쳐 빠르게 카페 밖으로 나가려고 했다. 나는 급하게 따라가 그를 붙잡고 애원하듯 말했다.

"이거 내 명함입니다. 제발 부탁인데… 혹시 저한테 편하게 말할 수 있게 되면 언제든 연락해 주세요. 제이미 친구인 것 같은데 아들 생각이 나서… 학생 얘기라도 많이 듣고 싶습니다. 아이 엄마도 연락이 안 되고 제발 부탁합니다."

"아, 네…. 알겠습니다…. 그럼 이만… 죄송합니다."

명함을 받아든 학생은 카페 밖으로 향하던 걸음을 재촉

했다.

 잠시 서서 허공을 바라보던 나는 이내 정신을 다잡고 도
서관으로 향했다. 그리고 2008년 말에 발행된 모든 지역
신문 기사를 샅샅이 뒤졌다. 저녁이 될 무렵에서야 나는
제이미의 자살을 다룬 기사를 찾을 수 있었다. 기사의 내
용은 충격적이었다. 단순히 자살만을 다룬 내용이 아니었
다. 기사는 자살보다 다른 부분에 초점을 맞추고 있었다.

 *오늘 새벽 하와이 주립대학교 학생이 집에서 목을 맨 채 발
견되었다. 이미 사망한 상태였으며, 주변 정황으로 보아 스스
로 목을 맨 것으로 추정된다. 경찰 관계자에 따르면 자살 가
능성도 있지만 채찍, 입마개 등 여러 가학적 도구들이 발견된
것으로 보아 스스로 목을 매어 쾌락을 즐기다 사고가 났을 가
능성이 큰 것으로 보고 수사 중이다.*

 기사에는 사건 현장의 사진도 있었다. 그런데 수십 년
경찰 생활을 해 온 내가 봤을 때 사진 속 현장의 모습이 이
상했다. 마치 싸움이라도 있었던 것처럼 방 안은 난장판이
었다. 현장에 다른 누군가가 있었을지도 모른다는 의심이
들었다. 하지만 어떠한 기사도 그러한 의혹을 제기하지 않

았다. 만약 제이미가 누군가와 함께 있었다면 제이미의 죽음에 대해 더 자세히 물어볼 수 있을 것이다.

기사를 덮고 도서관 천장을 바라봤다. 나의 귀여운 꼬마 제이미가 이런 불미스러운 사건으로 사람들의 입에 오르내렸다는 사실에 화가 치밀었다. 아이의 엄마를 찾아 자세한 얘기를 듣고 싶었다.

급한 대로 경찰서에 찾아갔다. 데스크에 앉아 있는 경찰에게 다짜고짜 신문기사를 보여 주며 이 아이의 아버지인데 어디에 묻혔는지 그리고 이 아이의 엄마가 살고 있는 곳이 어디인지 가르쳐 달라고 하소연했다. 돌이켜 보면 바보 같은 짓이었다. 경찰은 짜증스럽게 손을 내젓다가 나를 밖으로 끌고 나왔다. 몇 번을 더 뛰쳐 들어가 봤지만 소용없었다.

그래도 난 무조건 알아야 했다. 어떻게 해서든. 제이미도. 그의 죽음도.

광기

살다 보면, 상상하지 못한 일들이 종종 일어난다.

그리고 그것이 감당할 수 없는 일이라면 광기로 이어진다.

별 소득 없이 한국으로 돌아왔지만, 더 이상 일에 집중할 수 없었다. 다른 진실이 있을 것 같다는 생각에 머릿속이 복잡했다. 평생을 바친 경찰 생활보다 먼저 떠나보낸 자식에 대한 집착이 나를 자꾸 하와이로 등 떠밀었다.

그러던 어느 날, 전화기가 울렸다. 국제전화였다. 의아한 마음에 서둘러 전화를 받았다.

"여보세요? 이현규입니다."

"저…. 안녕하세요. 혹시 저 기억하실지 모르겠는데….

예전에 하와이 오셨을 때 학교에서 봤던···. 명함 받았던 학생인데요."

나는 다급하게 전화를 고쳐 잡았다.

"아, 네. 안녕하세요? 잘 지내셨어요? 어쩐 일이시죠?"

"다름이 아니라···. 한 가지 말씀드리고 싶은 게 있어서요."

"네? 어떤 거죠? 편하게 말씀해 주세요."

"네···. 사실은··· 확실한 건 아니지만··· 제이미의 엄마인 거 같은 사람을 봤어요."

"네? 어··· 어디서요? 제이미 엄마가 맞나요?"

"네···. 제이미가 살아 있을 때 몇 번 뵌 적이 있어서···. 맞는 것 같아요. 근데, 아···. 지금 노숙하고 계세요. 그··· 카트에 짐 싣고 다니시면서···. 낮에는 주로 킹스트리트 공원 쪽에 계시는 것 같더라고요. 공원 몇 개가 있는데 그 공원들을 계속 돌아다니시는 것 같아요. 그때 너무 매몰차게 아저씨를 대한 것 같아서 좀 죄송했는데···. 도움이 될까 싶어 연락 드렸어요."

"네! 정말 감사드립니다! 제가 빠른 시일 내에 하와이에 가서 확인해 보겠습니다. 감사합니다."

전화를 끊자마자 다음날 하와이로 떠나는 비행기 표를 예약했다. 허락을 구하지 않았기에 상관이 노발대발하겠지만 상관없었다.

그 학생에게 전화를 받은 뒤로 거의 잠을 이루지 못했다. 비행기 안에서도 뜬눈으로 지새웠다. 비행기에서 내리자마자 곧바로 킹스트리트에 있는 공원을 찾았다. 그 학생의 말처럼 공원이 몇 개 있었지만, 길이 엇갈릴까 싶어 어느 한 공원에서 제이미 엄마를 기다리기로 했다. 나는 택시 기사에게 가장 큰 공원에 내려 달라고 했고, 그곳에 앉아 하염없이 기다렸다.

그렇게 두 시간쯤 지났을 무렵, 뒤에서 누군가 카트를 끌고 오는 소리가 들려 그쪽으로 고개를 돌렸다. 그녀였다. 덥수룩하고 여기저기 뭉친 머리에 초췌한 몰골로 너덜너덜한 옷을 입은 모습을 마주하자 가슴이 철렁 내려앉았다. 눈에 익은 온갖 잡동사니들…. 그녀는 지금까지 슬픈 과거들을 카트에 가득 실어 담고 정처 없이 떠돌아다니고 있었다.

나는 천천히 그녀 앞으로 다가갔다. 초점 없는 그녀의 눈동자에 내가 담겼다. 나를 모르는 사람처럼 멍하니 바라보던 그녀는 갑자기 소리를 지르며 달려들었다. 주머니에 있던 빈 술병을 꺼내 던지며 위협했다. 그녀는 그렇게 절규했다. 한시라도 빨리 제이미에 대해 물어보고 싶었지만,

그녀는 대답할 수 있는 온전한 상태가 아니었다. 나는 계속 서서 기다렸다. 그녀의 절망과 슬픔을 온몸으로 받아내며….

잠시 후 그녀의 절규가 멈췄다. 이십여 년 전 떠나는 나를 기꺼이 보내 줬던 그 온화했던 표정으로 허공을 바라보고 있었다. 나는 조심스럽게 입을 떼었다.

"제… 제이미….'

그녀는 허공에서 나에게로 시선을 돌린 후 고개를 저었다. 더 이상 입을 뗄 수 없었다. 그녀는 비틀거리며 카트로 다가갔다. 그리고 무언가를 열심히 찾았다. 한참을 뒤적거리더니 어떤 작은 철제상자를 나에게 건넸다. 상자를 열어 보니 맨 위에는 제이미의 사진이 있었다. 한참 동안 사진을 바라보았다. 사진 속의 제이미는 마지막에 보았던 모습 그대로였다. 옅은 미소를 짓고 있는 얼굴이 왠지 슬프게 느껴졌다.

얼마나 지났을까. 제이미의 사진에서 힘겹게 시선을 떼었을 때, 그녀는 이미 떠나고 없었다. 급하게 상자를 가방에 넣고 그녀를 찾아 주변을 헤맸지만 찾을 수 없었다. 나는 그녀의 인생을 이렇게 만든 장본인이었다. 죄책감이 밀려왔다. 목이 메어 왔지만 지금은 아니다. 아직은 울 수 없었다. 아니, 나는 울 자격도 없었다.

눈에 보이는 대로 여관을 잡고 방에 들어와 그대로 침대에 누웠다. 그러다 불현듯 가방에 넣어 놓았던 상자를 꺼내 들었다. 아까 본 그 사진 밑에는 제이미의 것으로 보이는 몇 가지 물건들이 있었다. 제이미의 손때가 묻은 물건들이라는 생각에 하나하나 손수 만져 보았다.

물건 중에는 제이미의 핸드폰도 있었다. 제이미가 어떻게 살아왔는지 알 수도 있을 것 같았다. 충전을 한 뒤 조심스럽게 전원을 켜 이것저것 눌러 보았다. 그러다 찾은 사진 폴더에는 수많은 동영상이 남아 있었다. 제이미의 모습을 조금이라도 더 보고 싶다는 생각에 서둘러 영상을 재생했다.

동영상 속 제이미는 대부분 벗고 있었다. 그리고 그 옆에는 항상 여자들이 있었다. 여러 동영상들을 눌러 보던 중 사건 발생 며칠 전에 찍은 동영상이 눈에 들어왔다. 'Kazumi Sawada'. 그러고 보니 제이미가 죽기 전 마지막 통화 기록에도 이 이름이 있었다. 그녀를 찾고 싶었다. 그녀를 찾으면, 제이미의 죽음에 대해 좀 더 알 수 있을 것 같았다.

여관방에 있는 전화기를 들어 그녀의 전화번호를 눌렀다. 아직 하와이에 남아 있다면 전화를 받을 것이다. 전화를 받았으면 하는 마음이 간절했지만, 없는 번호라는 무정

한 기계음만이 들려왔다. 다른 방법을 찾아야 했다.

한국으로 돌아온 나는 매일 제이미의 핸드폰을 뒤졌다. 그러다 우연히 한 메모 파일을 발견했는데, 거기엔 수많은 인터넷 사이트명과 함께 아이디와 비밀번호가 적혀 있었다. 그중 '페이스북'이라는 단어가 눈에 들어왔다. 어설프게나마 수사할 때 활용했던 적이 있던 익숙한 이름의 사이트였다. 나는 제이미의 페이스북 계정에 로그인한 후, 카즈미 사와다라는 이름을 포함해 당시 제이미의 주변 사람들에게 쪽지로 연락하고 싶다는 내용과 연락처를 남겼다. 답이 온다는 보장은 없었지만 작은 단서라도 지금의 내겐 간절했다.

누군가는 답장을 줄 수도 있다는 일말의 기대를 가지고 매일같이 확인했지만 카즈미는 물론이거니와, 다른 누구도 답장을 하는 사람은 없었다. 야속하게 느껴졌다. 그래도 포기할 순 없었다. 내 간절함을 담아 주기적으로 그들에게 쪽지를 남겼다.

그렇게 몇 년이 지난 어느 날 아침, 습관적으로 쪽지함을 확인하다가 다급하게 눈을 화면 가까이 들이댔다. 발신자는 에리카로 카즈미의 친구라고 했다. 나는 떨리는 마음으로 쪽지의 내용을 확인했다.

  안녕하세요? 저는 카즈미 친구 에리카입니다.

  카즈미는 얼마 전에 어딘가로 떠나 버렸습니다. 그녀가 어디로 갔는지는 아무도 모릅니다. 다만 저는 제이미의 아버지인 당신께 드리고 싶은 말씀이 있습니다. 제이미가 죽은 날 밤에 카즈미는 친하게 지냈던 한국 친구들의 환송회에 오지 않았습니다. 그날 카즈미는 외출하여 늦은 밤까지 들어오지 않았습니다. 카즈미는 숨겼지만, 저는 카즈미와 제이미가 연인 사이라는 것을 알고 있었습니다. 왜냐하면 제가 제이미를 좋아했기 때문입니다. 둘이 그런 사이라는 것을 알게 된 후 저는 포기하고 다른 남자친구를 만났습니다.

  그런데 카즈미는 한국에서 온 장세인이라는 다른 남자도 같이 만났습니다. 저는 많이 슬펐습니다. 그리고 제이미가 죽은 이후 카즈미는 이상해졌습니다. 너무 슬퍼서 그런 것이라 생각했습니다. 그리고 제이미에 대한 얘기를 단 한 번도 한 적이 없었습니다. 그를 잊기 위해 그런 것이라 생각했습니다. 그 후 저희는 일본으로 돌아왔습니다. 카즈미는 집에서 나오지 않았고 거의 보지 못했습니다.

  그러다 며칠 전 카즈미에게 연락이 왔습니다. 어디론가 떠난다고 했습니다. 그리고 작은 쪽지를 건네주었습니다. 언젠

가 기회가 된다면 꼭 전달해 주었으면 좋겠다고 했습니다. 쪽지에는 '세인, 마할로'라고 적혀 있었습니다. 무엇이 고마웠냐는 질문에 카즈미는 아무 대답도 하지 않았습니다. 저는 화가 났습니다. 아무리 제이미가 죽은 사람이라 하더라도 제이미 얘기에는 차갑게 반응하더니 세인에게는 그런 인사를 남겼습니다. 모든 게 이상했습니다. 그날 밤 세인이 카즈미를 찾았다는 것도 기억이 났습니다. 그리고 경찰이 며칠 동안 카즈미를 찾아왔었습니다. 저는 그날 밤 우리가 모르는 무슨 일이 있었다는 생각이 들었습니다. 그래서 제이미의 아버지인 당신께라도 말씀드려야겠다고 생각했습니다.

나는 에리카의 쪽지를 외워 버릴 정도로 몇 번이고 반복해서 읽었다. 그리고 어느 순간 차디찬 분노가 온몸을 휘감았다. 이후에도 에리카와 몇 번의 쪽지를 더 주고받으면서 몇 가지 정보를 더 얻어냈다. 그리고 확신했다. 치정극이었다. 제이미는 그렇게 추한 꼴로 자살한 것이 아니라 자살을 당한 것이었다. 그 배후에는 카즈미 사와다와 장세인이 있다. 제이미와 연인 사이었음에도 다른 놈에게 고맙다는 말을 남겼다? 더 이상 생각할 필요도 없는 치정 살인이었다. 분노가 치밀어 폭발해 버릴 것 같았다.

악마가 된 기분이 이런 것일까. 반드시 진실을 밝혀 그

들을 벌하고 제이미의 억울함을 풀어 줘야 한다. 내 두 손
으로 그 둘을 찾아내 직접 심판할 것이다.

자비는 없다.

반격

한번은 기회를 주실 것이다.

신을 믿지는 않았지만,

신이 있다면 그리하시리라 믿는다.

"더 고통스럽게 죽이고 싶지만, 일단 그년을 찾아 죽이기 전까지 경찰에 잡히면 안 되니 네놈은 제이미가 떠난 방식대로 보내 주지."

남자는 거실에서 가져온 다리가 세 개인 낮은 철제 의자 위에 올라갔다. 문 바깥 손잡이에 끈을 묶고 반대편으로 끈을 넘겼다. 목을 매었을 때 바닥에 발이 닿지 않도록 최대한 위쪽에 고리 모양을 만들어 매듭을 단단히 묶었다. 세인이 자살한 것처럼 꾸미려는 것이었다.

"그냥 죽이면 되지 왜… 도대체 왜!"

세인이 소리쳤다.

"그냥 잡아다가 고문해서 말하게 하고 죽이지, 이렇게 겁주고 속이고 사람 진 다 빼놓고, 당신도 스스로 힘들게 연기까지 하면서 이렇게 하는 이유가 뭐냐고요!"

세인은 자신의 말을 무시하는 그의 모습이 두려우면서 한편으로 화가 났다.

"아니면, 그냥 처음부터 카즈미 아빠라고 하면서 애원하면 쉽게 진실을 말했을 텐데…. 혼자 이것저것 머리 굴리다 본인도 힘들어지는 거 아닌가요?"

세인이 조롱하듯 말했지만 남자는 아무 대꾸도 하지 않았다.

"혼자 똑똑한 척 다 하시는데 쓸데없이 머리 쓰다 괜히 힘만 빼셨네요. 이런 거 보면 그리 유능한 경찰은 아니었을 거 같은데… 흐흐흐."

세인이 조롱하듯 웃기 시작했다.

"후… 죽기 전에 곱게 보내 주려고 했더니, 안 되겠군."

남자는 고리를 만들다 말고 의자에서 내려왔다. 그리고 세인의 복부를 있는 힘껏 때렸다. 세인은 통증에 숨도 제대로 내뱉기 힘든 상황에서 신음과 함께 웃음이 섞인 소리를 내며 남자를 노려봤다. 그런 세인을 무심히 쳐다보던 남자는 다시 의자 위에 올라서서 하던 일을 계속했다. 잠시 후 어느 정도 숨을 고른 세인이 또다시 입을 열었다.

"근데… 카즈미는 어떻게 찾으실 건가요? 한국에서야 경찰이었으니 저까지는 불법으로 찾을 수 있었다지만, 다른 나라에서는 먹히지도 않을 텐데."

남자는 순간 움찔했다.

"그리고 경찰이 당신 같은 바보도 아니고… 손톱도 빠져 있고 온몸에 묶인 자국도 있는데 목이 매달려 있다고 자살로 보겠어요? 크크크… 아마 카즈미를 찾기도 전에 잡히실 겁니다. 크크."

남자는 세인의 말에 흔들리고 있었다. 그 마음을 반영하듯 계속 끈을 묶었다 풀기를 반복했다.

"한마디만 더 하면 차라리 죽여 달라고 애원할 만큼 고통스럽게 죽여 버리겠어.

"크크… 해 보세요…. 어차피 죽을 거 어찌 죽든 마찬가지죠. 당신은 이래저래 카즈미 근처에도 못 가고 잡힐 거에요."

남자의 위협적인 말에도 세인은 말을 이어갔다.

"그런 괴물 같은 자식의 아버지라니… 알 만하네요."

결국 남자의 인내심이 폭발했다. 의자에서 내려와 이성을 잃은 듯 세인을 구타하기 시작했다. 거리낌 없이 아무

곳이나 닥치는 대로 때렸다. 남자는 거친 숨을 몰아쉬고는 주위를 두리번거리더니 아까 사용했던 펜치를 다시 집어 들었다.

"남은 손발톱까지 전부 뽑아 주지."

남자는 거침없이 세인의 손톱을 뽑기 시작했다. 피가 잔뜩 엉겨 붙은 손톱들이 바닥에 내버리듯 널브러졌다. 세인은 비명을 질렀다. 남자는 세인의 입을 막을 생각조차 하지 못 할 정도로 이성을 잃었다. 목청이 터질 듯 내지르는 세인의 비명에 남자는 이성을 찾았는지 펜치를 힘껏 집어던졌다.

"마지막 경고다. 닥치지 않고 한 번만 더 그 더러운 입으로 제이미를 모욕하면, 그년을 못 죽이는 한이 있어도 너를 가장 고통스럽게 죽여 버릴 거야."

세인은 좀처럼 수그러들지 않는, 손에 불을 지진 듯한 고통에 고개를 숙인 채 신음하며 정신이 아득해졌다. 가까스로 고개를 들었다. 남자는 고리 모양의 끈을 거의 다 묶은 것처럼 보였다.

그때였다. 세인은 남자가 시험 삼아 고리 안으로 머리를 집어넣는 모습을 보았다. 짧은 찰나였지만, 세인은 이게 마지막 기회일지도 모른다고 생각했다. 남자가 딛고 있는

저 의자를 치워 버려야 했다. 지체할 수 없었다. 어떻게든 달려들어야 했다.

안돼… 조금만 더… 조금만 제발….

지치고 망가질 대로 망가진 몸은 쉽게 움직이지 않았다. 그 순간 세인은 남자가 자신에게 한 짓을 카즈미에게도 아니, 더한 짓을 할 지도 모른다고 생각했다. 온몸에 힘을 모았다. 그리고 있는 힘껏 몸을 앞으로 내던졌다. 몸이 묶여 있던 의자의 뒷다리가 들렸다. 앞으로 쏠린 의자는 중심을 잃고 넘어졌다. 세인은 앞으로 고꾸라지며 머리로 남자가 딛고 있는 의자를 힘껏 쳤다.

의자는 남자의 다리를 떠나 화장실 끝까지 밀려 흔들거리다 쓰러졌다. 고리에 목이 걸린 남자는 매달린 채 발버둥 쳤다. 빠져나오기 위해 온몸을 앞뒤로 흔들며 안간힘을 썼지만 심혈을 기울여 만든 고리는 풀리지 않았다.

세인은 넘어짐과 동시에 바닥에 머리를 세게 부딪쳤다. 충격이 컸는지 시야가 흐려졌다. 힘겹게 고개를 들어 위를 쳐다보려 애썼지만 보이는 건 발버둥 치고 있는 그의 발끝뿐이었다.

'제이미도 저랬을까? 저 사람, 제이미만큼이나… 참 나쁜 사람이다. 이제 난 살 수 있는 건가… 하… 그래도 카즈미가 더 이상 위험해지지 않아서 다행이다. 이제 카즈미를 괴롭힐 사람은 없겠지? 만나보고 싶다…. 만나서 미안하다고, 고맙다고… 그리고 남은 인생만큼은 옆에서 지켜주고 싶다고…. 그녀가 싫어할 수도 있겠지만 말이라도 한 번 해 보고 싶다. 그리고 이번만큼은 어떤 대답이 돌아오더라도 농담이었다는 말은 하지 말아야지…. 너무 어지러운데… 이대로 죽는 건가? 이제는 많은 걸 할 수 있을 것 같은데…. 길 가다 어깨를 부딪쳐도 노려볼 수 있을 것 같고…. 험하게 운전하는 차에 욕을 한 바가지 퍼부을 수도 있을 것 같은데…. 할 수 있겠지? 일단… 김 병장… 그 자식부터 찾아서 한 대 때려줘야겠다. 흐흐… 그런데… 저 사람도…… 웃고 있네…….'

세인은 그렇게 의식을 잃어갔다.

세인, 마할로

웃어야 했다. 아니 웃고 싶었다.

친구들과 있을 때만이라도, 그 사람과 함께 있을 때만이라도.

그 사람과 나를 감싸던 그 무지개는 사라진 걸까?

아니면 눈에 보이지 않을 정도로 크게 우리를 감싸고 있는 걸까?

밤에 몰래 나가 늦게 들어올 때면, 모든 게 다 씻겼다는 느낌이 들 때까지 욕조에 있었다. 뜨거웠던 물이 차가워져 온몸이 부들부들 떨려도 그런 느낌이 들기 전까지는 밖에 나오지 않았다. 씻어 내고 싶었다. 깨끗이.

그 악마는 멋진 살가죽을 뒤집어쓰고 환하게 웃는 탈을 쓴 채 나에게 다가왔다. 그것을 꿰뚫어 볼 만큼 현명하지 못했던 나. 그 악마의 홀림에 넋을 놓고 끌려 갈 뿐이었다. 무언가 이상하다고 생각했을 땐 이미 그의 놀잇감이 되어 있었다. 다신 떠올리고 싶지 않다.

그 사람을 처음 본 건 마트에서였다. 동양인이지만 일본
인은 아닌 것 같은 그 사람은 장어구이 앞에서 안절부절못
하고 있었다. 연신 침을 삼키는 모습도 보였다.

"스미마셍."

그 남자는 화들짝 놀라며 자리를 비켰다. 연신 고개를
숙였다. 착한 사람이라는 생각이 들었다. 장어구이를 카트
에 담고 다른 코너로 이동하며 친구들은 그 사람 이야기를
했다. 그를 '우나기맨'이라고 부르며 웃었던 기억이 난다.

우나기맨과 처음 얘기한 건 학교 식당이었다. 다트를 하
고 있던 우리에게 영준이 다가왔다. 테이블에 앉아 있는
친구를 가리키며 자신의 친구와 맥주 한잔하자고 했다. 평
소대로라면 괜찮다고 정중히 거절했겠지만, 우나기맨에
대한 호기심이 발동한 나와 친구들은 서로 눈빛을 교환했
다. 에리카가 영준에게 조금 있다가 가겠다고 답했다. 영
준이 떠난 후 우리는 한바탕 웃음을 터뜨렸다.

역시나 우나기맨은 착한 사람이었다. 짧은 시간이었지
만 오랜만에 무언가를 잊기 위해 억지로가 아니라 진심으
로 웃을 수 있었다. 그와 조금 더 시간을 보내고 싶었다.

하지만 언제 또 그 악마가 부를지 몰라 기숙사 방에서 연락을 기다려야만 했다. 만약 연락을 받지 않는다면… 더 끔찍한 일을 당할 수도 있다.

핼러윈… 잊을 수 없는 추억이었다. 살면서 누군가를 보고 그렇게 크게 웃었던 적이 없었다. 실례라는 걸 알면서도 참을 수 없이 터져 나오던 웃음. 그 상황에서 화를 내기보다는 함께 웃어 주던 착한 사람.

어느 날 그에게 하나우마 베이에 함께 가자는 문자가 왔다. 어떻게 답장해야 할지 망설여졌다. 그와 함께 가고 싶었지만, 단둘이 간 사실을 그 악마가 알기라도 하면 나뿐만 아니라 그 남자도 무사하지 못할 수 있다. 문자를 몇 번이나 썼다 지웠다.

응. 혹시 불편해?

이 답장을 받은 후 나는 결심을 굳혔다. 걱정, 두려움… 다 떨쳐내고 그와 함께 가고 싶었다. 하나우마 베이에서 커다란 무지개도 보았다. 그 이후, 그렇게 크고 예쁜 무지개를 본 적은 없었다. 그 무지개를 다시 볼 수 있을까….

그날 이후 언제나 그 사람이 내 옆에 있는 것 같았다. 그와 또 다른 곳에 가고 싶어졌다. 거북이를 보고 싶다는 핑계로 떠난 노스쇼어에서 그 사람과 함께 오래 걸을 수 있어서 좋았다.

운은 오래가지 않았다. 그 악마는 그 사람의 존재를 알아차렸다. 화를 내기보다는 뭔가 즐거운 표정으로 그 사람에 대해 캐물었다. 무서웠지만, 그 사람에 대해 말하지 않으려고 이를 악물었다. 악마는 분노하며 나를 괴롭히기 시작했다. 난 고통에 몸부림쳤다. 내가 할 수 있는 건 그게 다였다.

생일 전날, 그 사람은 나를 위해 식은땀을 흘리며 토끼 인형을 뽑아 줬다. 그리고는 갑자기 나에게 고백을 했다. 이 사람에 대한 내 감정이 어떤 것인지 잘 알지 못했는데 그 말을 듣는 순간 깨달았다. 나도 그 사람을 좋아하고 있었다. 하지만 여기까지다. 난… 아무 말도 할 수 없었다. 난 악마에게 더럽혀진 사람이었다. 모든 걸 숨기고 아무 일 없다는 듯 이 사람의 진심을 받아줄 순 없었다. 그는 장난이라며 넘어가려 했지만 미세하게 떨리는 손가락, 아쉬움이 넘쳐 슬퍼진 눈동자에서 진심을 느꼈다. 너무… 미안했다.

그날 이후 그 사람은 나를 피했다. 친구로 그 사람과 시간을 더 보내고 싶었는데… 내 이기적인 생각일 뿐이었다. 그가 떠나기 전날… 작별인사라도 하고 싶었다. 그 사람은 자신의 환송 파티에 나를 초대했지만 그 악마가 오늘은 무슨 일이 있어도 자신을 기다리고 있으라 했다.

그날 밤, 그 악마의 광기는 절정이었다. 인간이 느낄 수 있는 모든 고통을 다 느끼게 해 주려는 듯 집요하게 날 괴롭혔다. 죽지 못할 거면 버텨내야 했다. 그때 그 사람이 나타났다. 기뻤다. 그리고 안도했다.

하지만 악마는 우리를 놔주지 않고 가지고 놀며 조롱했다. 그러더니 약에 취해 1층으로 내려갔다. 아마 그 놀이를 하러 갔겠지. 평소에 그 악마는 나도 그 놀이에 동참하라고 부추겼지만, 도저히 죽음 놀이만큼은 할 수 없었다. 악마는 그때마다 나를 때렸다. 그리고는 자신이 놀이를 즐기는 동안 지켜보다가 팔을 크게 돌리면 의자를 발 아래에 잘 갖다 놓기나 하라고 했다. 매 순간이 기회였다. 내가 의자를 놓아주지 않으면 아마 그 악마는 질식해 죽었겠지만 난 그러지 못했다. 이미 저항할 수 없게 길들여져 있었다.

이번에는 달랐다. 그 사람이 함께였다. 악마가 1층으로 내려가고 얼마 지나지 않아 예상했던 대로 의자 넘어지는 소리가 들렸다. 악마의 공포와 협박에 얼마나 길들어져 있었는지 나도 모르게 1층으로 뛰어 내려갈 뻔했다. 하지만 그러지 않았다. 그 사람과 용기 내어 도망쳤다. 의자를 놔 주는 사람이 없었으니 그 악마는 분명히 땅 속 깊숙이, 원래 자신이 있던 곳으로 곤두박질쳤을 것이다. 내 눈으로 직접 확인해 보고 싶었다. 그 악마의 최후만큼은.

이제는 정말로 그 사람을 보내줘야 했다. 플루메리아 머리핀… 이게 지금 내 전부다. 전부를 주고 싶었다.

잘 가. 행복했어… 너와 함께여서.

Somewhere over the rainbow

Somewhere over the rainbow

악마들의 눈동자에는 거짓과 사악함이 비쳤고,

그녀의 눈동자에는 슬픔과 의지가 어려 있었으며,

나의 눈동자에는 그녀가 있었다.

'살아 있는 건가?'

세인은 눈을 떴다. 얼마나 눈을 감고 있었는지 한동안 눈이 흐릿해서 앞이 잘 보이지 않았다. 세인의 어머니가 의식을 되찾은 세인에게 달려들었다.

"아이고 이놈아, 괜찮니? 이게 무슨 일이야! 그놈은 도대체 누구고? 아이고."

'그놈? 그 경찰을 말하는 건가?'

"저 괜찮아요. 좀 일으켜 주세요."

"안 돼, 이놈아. 의사 선생님이 며칠은 누워만 있어야 한 다고 그랬어."

어머니의 말씀에 세인은 더 이상 일어나 앉기를 포기하 고 대화를 이어 나갔다.

"저 어떻게 된 거에요?"

"아니, 그건 네가 알지. 이게 뭔 난리래!"

"누가 저 발견한 거에요?"

"누가 발견하긴, 회사에서 출근 안 한다고 연락 와서 내 가 가 본 거지. 그 매달린 끔찍한 거를 보고 어찌나 놀랬던 지. 살았는지 죽었는지 모를 너를 병원에 데려가려고 정신 이 하나도 없었어. 다시 생각해도 심장이 벌렁거리네. 어 휴…"

"확실히… 주… 죽었어요?"

"그 끔찍한 얘기는 그만하고 경찰한테 연락 좀 할게. 너 깨어나면 경찰이 연락 달라고 했거든."

세인은 경찰이란 말에 몸서리쳤다.

"엄마, 경찰 올 때 제 옆에 있어 주세요."

세인을 찾아온 경찰은 두 명이었다. 그들은 딱히 세인을 의심하는 것처럼 보이지 않았다. 당시 상황만 봐도 세인은 피해자이면 피해자였지 가해자라고 판단하기 어려웠을 것이다.

"아직 회복이 다 되지 않아 힘드시겠지만, 그날 상황을 좀 자세히 말씀해 주시겠습니까?"

세인은 그날의 일을 떠올리려 할 때마다 머리가 아파졌지만, 그래도 최선을 다해 그날의 상황을 설명했다.

"무슨 말을 해도 그 사람의 머릿속에서 저는 자기 아들을 죽인 범인이었습니다…."

세인의 이야기가 끝나자마자 경찰들은 더 질문해 봤자 나올 게 없을 것 같았는지 일찍 조사를 마무리하고 자리를 떴다. 세인은 멍하니 병원 창밖을 바라봤다. 카즈미의 얼굴이 떠올랐다. 몇 년이 지났지만, 카즈미의 얼굴은 어제 본 것처럼 생생했다. 세인은 카즈미가 보고 싶어졌다.

몇 달이 지나 찬바람이 부는 늦가을이 되었을 무렵, 세인의 몸 상태는 거의 이전 수준으로 회복되었다.

"고생 많으셨습니다. 내일 중으로 퇴원하셔도 될 것 같습니다. 그래도 당분간은 너무 무리해서 몸을 움직이시면 안 됩니다. 회사원이라고 하셨죠? 몸을 많이 쓰는 업무가 아니더라도 조심하세요."

담당 의사가 세인에게 웃으며 말했다.

"어제 동료를 통해 휴직계를 제출했습니다. 당분간은

부모님 댁으로 가서 좀 쉬려고 합니다. 몸은 회복되었지만, 아직 정신적으로 좀 시간이 필요할 거 같아서요."

세인이 담담하게 대답했다.

"아, 그러셨군요. 잘 생각하셨습니다."

퇴원하기 전, 세인은 이미 마음을 굳힌 상태였다. 카즈미를 찾아 그간 있었던 일을 모두 말해 주고 이제는 걱정 없이 행복하게 살라고 말해 줄 것이다. 그리고 그때 혼자 두고 떠났던 것에 대해 제대로 사과하고 싶었다. 마지막으로는 그녀에게….

하지만 세인은 카즈미를 찾을 방법이 떠오르지 않았다. 일단 세인은 영준에게 전화를 걸었다.

"영준아 나야, 별일 없지?"

"형, 잘 지내셨어요? 안 그래도 한번 만나자고 연락드리려고 했는데…."

"왜? 무슨 일 있어?"

세인은 본인이 전화를 걸었다는 사실도 잊은 채 영준에게 되물었다.

"아, 아니요. 그냥 오랜만에 저녁이나 하려고 그랬죠."

"그래. 다음에 한번 보자. 저… 근데… 영준아, 나… 카즈미랑 연락하고 싶은데 방법이 없을까?"

"카즈미요? 음… 무슨 일 있으세요?"

"아니, 그냥…. 보고 싶어서."

"네? 진심이세요?"

"방법이 없을까?"

"음… 사실 뭐, 카즈미 친구들한테 연락해 보면 되겠지만… 근데 에리카는 좀 그래요. 오랜만에 연락해서 카즈미 근황 물어보기는….”

"그… 하루히 하고는 연락 안 될까?"

"아, 하루히요? 연락처는 모르지만 제가 페이스북으로 연락 한번 해 볼까요?"

"그래 주면 나야 고맙지."

영준과의 통화 후 며칠이 지났다. 세인은 매일 핸드폰만 바라보고 있었다. 영준에게 전화를 다시 해 볼까 싶어 몇 번을 망설였다. 그로부터 며칠이 더 지나서야 영준에게 전화가 왔다.

"형, 많이 기다리셨죠? 저도 이제야 답장을 받았어요."

"아니야, 괜찮아. 뭐래?"

"카즈미도 하와이에서 일본으로 돌아가긴 했는데 최근에는 아예 사라졌대요. 친구들한테 작별인사를 하기는 했다고 하는데, 어디로 가는지는 전혀 얘기하지 않았다고 해요. 하루히는 자기가 카즈미랑 가장 친하다고 하면서 자기가 모르면 아무도 모를 거라고 하네요."

그때 그 남자의 말은 사실이었다.

"카즈미네 집은 고베래요. 걔들 고베여대인가 다녔잖아요. 저도 잊고 있었네요. 집 주소는 보내 줬는데, 아마 가도 찾을 수 없을 거라고… 자기 부모님한테도 어디로 가는지 말 안 했대요."

"그랬구나…. 어쩔 수 없네. 고마워 영준아. 조만간 꼭 보자. 내가 맛있는 거 사 줄게."

통화를 마친 세인은 크게 한숨을 내쉬었다. 카즈미에 대한 이야기는 그 남자에게 들어 어느 정도 알고 있었지만 허탈했다. 카즈미의 소재와 관련해서는 얻은 것이 없었다.

'무작정 고베로 가 볼까?'

하지만 세인은 이내 고개를 흔들며 방에서 나와 산책을 하러 집을 나섰다.

'어디로 갔을까? 하와이로 돌아갔을까? 아니야. 아무리 좋았던 기억이 많았더라도 친구들까지 떠나 버린 그녀가 하와이로 돌아갔을 리는 없어.'

산책 내내 그녀의 행방을 고민하던 세인은 결국 별다른 답을 찾지 못한 채 집으로 돌아왔다.

"어디 갔다 왔어?"

거실에서 TV를 보시던 어머니가 물었다.

"잠깐 산책 다녀왔어요."

"웬만하면 집에 있어. 아직 몸도 성치 않은데, 괜히 돌아다니다 탈 나지 말고. 아까 밥은 다 먹었어? 밥도 좀 잘 챙겨 먹고."

TV에서는 한국의 조선업이 위기에 처했다는 특집 뉴스가 나오고 있었다. 세인은 방으로 들어가다 말고 어머니 옆에 서서 같이 뉴스를 봤다.

"에구, 요즘 조선 경기가 안 좋아서 저쪽에 실업자가 많나 보네. 그 어르신은 잘 지내시나 연락 좀 해 봐야겠다."

그때 세인의 머릿속에 작은 기억의 조각이 스치듯 지나갔다. 세인은 방으로 뛰어 들어가 짐을 챙기기 시작했다. 놀란 어머니가 따라 들어왔다.

"왜 그래? 뭐 하는 거야?"

"엄마, 나 일본에 좀 다녀올게요."

"일본? 뭔 소리야, 갑자기… 몸도 성치 않은 애가 해외를 간다고? 도대체 무슨 일인데?"

세인은 어머니를 힐끗 보고는 웃으며 말했다.

"친구 좀 보고 올게요."

세인은 무작정 일본으로 향하는 비행기에 몸을 실었다. 시즈오카 공항에 내리자마자 물어물어 한 바닷가에 도착했다.

　정말 카즈미가 말했던 것처럼,
　거제도의 몽돌해변과 비슷한 곳이었다.

　카즈미가 이곳에 있을 것이란 확신은 없었다. 하지만 여기일 것만 같았다. 세인은 숙소를 잡고 이틀 정도 그 주변을 돌아다녔다. 틈틈이 근처 숙박업소나 가정집에 들러 카즈미의 행방을 찾기 위해 애썼다. 하지만 카즈미는 보이지 않았다. 우연히 생각난 이곳에서 카즈미를 단번에 만나게 되는 것이 비현실적이라는 것을 세인도 잘 알고 있었지만, 하루하루가 지날수록 실망감이 드는 건 어쩔 수 없었다.

　떠날 날이 가까워져 갔다. 세인의 몸과 마음은 카즈미를 찾지 못한 아쉬움으로 지쳐 있었다. 휴식을 위해 쉴 만한 곳을 찾아 주변을 두리번거렸다. 멀지 않은 곳에 커피잔 모양이 그려진 간판이 눈에 들어왔다.

Somewhere over the rainbow

　모든 것이 낯설었던 이곳에서 발견한 카페, 그 이름에서 세인은 처음으로 익숙함을 느꼈다. 알 수 없는 끌림에 세인은 고개를 갸웃하며 카페로 발길을 옮겼다.

카페에 도착한 세인은 문 앞에서 그대로 멈춰 섰다. 몇몇 손님이 그의 뒤에서 기다리다 힐끗 쳐다보고는 먼저 문을 열고 들어갔다. 세인은 카페 문 앞에 걸린 인형을 흔들리는 눈동자로 바라보고 있었다. 오래전이었지만, 하와이 쇼핑센터 인형 뽑기 기계 안에 있던, 또렷이 기억나는 인형이었다. 그 인형은 기계에서 막 나왔을 때 모습 그대로였다. 먹먹함과 기대감이 한데 엉긴 마음을 다잡고 세인은 조심스럽게 문을 열고 들어갔다.

카페 문이 열리는 소리가 들리자 남자 직원 하나가 고개를 돌려 세인에게 인사를 건넸다. 그 소리에 다른 손님들의 시선도 세인에게 잠시나마 머물렀다. 세인을 향한 여러 시선이 오가는 동안, 세인은 구석에 자리를 잡고 오직 카운터 안쪽에서 뒤돌아 커피를 내리고 있는 여자만을 응시했다.

카즈미였다. 머리 스타일만 조금 달라졌을 뿐 뒷모습만으로도 세인은 그녀가 카즈미임을 바로 알아차렸다. 매장에 울려 퍼지는 음악 소리와 커피 그라인더 소리, 다른 손님들의 대화 소리가 뒤엉켜 카페 안은 정신없이 북적이고 있었지만, 세인의 눈동자는 카즈미만을 향했다. 그렇게 시간이 멈춰버린 듯했다.

밀려 들어오는 주문에 한참을 커피만 내리던 카즈미는 어느 정도 주문이 마무리되자 한껏 긴장했던 몸을 풀며 카운터 밖으로 나왔다. 주변을 둘러보며 빈 테이블을 정리하다 가장 구석에 있는 테이블에 다다랐을 때, 카즈미는 의자 위에 놓인 무언가를 발견했다. 포장을 뜯지 않은 CD였다.

CD를 집어 올린 순간, 카즈미는 손끝이 저릿했다. 손끝에서 시작된 전율은 심장을 파고들었다. 가슴이 요동쳤다. IZ의 'Somewhere over the rainbow' 앨범이었다. 뜯지 않은 포장 위엔 일본어 글자가 서툴게 쓰여 있었다.

おめでとうございます。(축하합니다.)
あなたに会ったのは幸運です。(당신을 만난 건 행운입니다.)

카즈미는 곧바로 카페 밖으로 뛰쳐나갔다. 하지만 세인은 보이지 않았다. 사람들이 많은 쪽으로 일단 달렸다. 카즈미의 눈에는 금방이라도 쏟아질 듯 눈물이 아슬아슬하게 맺혀 있었다. 이곳저곳을 뛰어다니던 카즈미는 거친 숨을 몰아쉬며 멈춰 섰다. 세인, 한 번은 보고 싶었다. 하고 싶은 말이 있었다.

힘이 빠져 버린 카즈미는 거친 숨을 몰아 쉬며 허리를 숙여 두 손으로 무릎을 짚었다. 고여 있던 눈물이 볼을 타고 흘러내렸다. 한참을 그렇게 있던 카즈미가 허리를 펴고 다시 일어섰다. 그리고 카페 쪽으로 발길을 돌렸다.

CD를 가슴에 꼭 안은 채로.

세인, 마할로.

레인보우 스테이트 살인사건

초판 1쇄 발행 2021년 01월 01일
초판 2쇄 발행 2021년 04월 10일

지은이 윤민채
펴낸이 류태연

편집 김지인, 박해민 | **표지디자인** 꽁작가 | **본문디자인** 조언수 | **마케팅** 이재영

펴낸곳 렛츠북
주소 서울시 마포구 독막로3길 28-17, 3층(서교동)
등록 2015년 05월 15일 제2018-000065호
전화 070-4786-4823 | **팩스** 070-7610-2823
이메일 letsbook2@naver.com | **홈페이지** http://www.letsbook21.co.kr
블로그 https://blog.naver.com/happypaper1 | **인스타그램** @muloreumdal_book

ISBN 979-11-6054-425-1 03810

• 물오름달은 렛츠북의 임프린트입니다.